유목과 은둔

유목과 은둔

김지하 시집

창비

차 례

제3부

제1부

몸

예전엔
잘 몰랐지

몸이 무너지면서
몸을 알았지

아니
사실은
마음이 무너지면서
그 날카로운 아픔으로
몸을 알았지

그러매 사실은
몸이 곧 마음

아는가

아랫도리 회음에

님

청청히 살아 계시는
그것.

죽음

의지가
온갖 욕망을
압도하던 시대는 갔다

그때
밤거리에서
붉은 웃음을 웃던
여인에게 쏠리는 마음을
취중에도 혹독히 매질하던
그때는 갔다

어찌하랴
지금
쏠리는 마음은 날로 더하고
달관은커녕
매질조차 그 조짐조차 떠나 없으니

아하
알겠구나

나이 들어 끝내는 모두
죽어가는 까닭을
이제야 알겠구나

덧없는 저 하늘의
한 송이 흰 구름

타다
타다가

저무는 하늘에
밤이 오는데.

2004년 여름 서울

여기
살아 있어
꿈꾸는 자는
아무도 없다

헛된 희망
덧없는 흐름 위에
마음을 띄워
하나
둘

허무 속에서 끝나간다
버릴 수도 잡을 수도 없는
현실이란 이름의
권력

쉬잇 —

침묵하라

누군가
본다
그리고 듣는다
여기가 어디인가 분명 여기가
서울인가

쉬잇 ―

내일 들로 가리라
뜨거운 무더위 함께 빈 들로
가아
가

미쳐 웃으리라
빈 하늘 환영에게
꿈을 배우리라

쉬잇 ―

오늘

오늘
간다는 사람은 가고
온다는 이는 오지 않았다

늙어가는 길
외로움과 회한이
가장 큰 병이라는데

사람이 그리우나
만나기는 싫다

오피스텔 꼭대기 한 방에 갇혀
풀잎으로부터는 아득히 멀고
꽃은 더욱 그러한데

입만 열면
생명을 말하니
똑
이스라엘의 하느님 신앙 닮았다

내일도 산다면
이젠
떠나리라.

적료

내가
네 눈빛을
알아보고 깊이
내 안에 숨을 때

네가
네 눈을
다른 곳으로 옮기지 못하고
가느다랗게 가느다랗게
떨고 있을 때

그래
이때를 모르면
이때에 곧
슬기를 깨우치지 못한다면

지혜의 길은 없는 것
공연히 머리 깎고
몸을 해칠 뿐

지혜는 결코 오지 않는 것.

바람아
물결아
산어덩 벼랑 끝으로
부는 마음아
덧없는
삶아

노여움을 뒤집어
마당을 쓸고

슬픔을 바꾸어
적료(寂廖)에 들리.

병원

나는
병원이 좋다
조금은.

그래
조금은 어긋난 사람들,
밀려난 인생이.

아금바르게
또박거리지 않고
조금은 겁에 질린,

그래서 서글픈,
좀 모자란 인생들이 좋다.

거리며 빌딩이며
수많은 장바닥에서
목에 핏대 세우는
그 대낮에

귀퉁이에 서서
어색한 얼굴로

사랑이니
인간성이니
경우니 예절이니

떠듬거리는
떠듬거리는

오로지
생명만을 생각하는,

나는 병원이 좋다.
찌그러진 인생들이 오가는,

그래서
마음 편한.
남보다는 더 죽음에 가까운,

머지않아 끝날 그러한,
그래서
마음이 편한

아
나는 역시
'쟁이'던가

아
나는 역시
'산송장'이던가

아아
나는 역시
'움직이는 종합병원'이던가

좋다.

끝이 분명 가까우니,
오로지
생명만을 생각하느니.

전신두뇌설 근처에서

동대문 이대병원
정신신경과 외래 입구에
벽 위에 한미약품의 두 개의
포스터가 붙어 있다

'신경성 위장병!
정신과 치료도 필요합니다
정신과에서 상담하십시오'

그 다음에
보라!

'위장 속에 뇌가 있습니다.'

창밖에 만발한 무궁화가
꼼짝 않고 나를 노려본다

그 옆 포스터에 또한 커다랗게
'두통!

정신과 치료가 중요합니다.'

정신신경과 창구엔
아무도 없다

내 머릿속이 텅 비어 있다

뜨거운 여름 한낮
한시 삼십분

갈 곳이 없다
복도에 서서 문득 깨닫는다
온몸이 뇌다.

텅 비인
뇌세포 구십 퍼센트가
잠잔다는

전신두뇌설(全身頭腦說) 근처에.

여름 한낮
텅 빈 정신신경과
외래,

그 외래의
입구에.

유목과 은둔

의리(義理)가
낮은 샘가에 피묻은 채 머물고
온 허공에 수만 가지 꽃, 꽃들이
어지러이 피어
어찌 나갈까
저 먼 쓸쓸한 바다까지
가 마침내 내 두 아이를
만나 기어이
데리고 돌아올까
유목과 은둔의 집이여
오랜 내 새 집에.

삶

이제
어디라도
고즈넉한 곳에 가
깃들이리

비 맞은 새모냥 빗방울
털고 털면서
서 있으리

남녘으로부터 불어오는
바람 한 오리 선뜻
내게 와

옛 연인의 지금 주름살
하나 둘
셋 넷
헤이는 소리 듣고 살으리

나

이제 아무것도 아니고
즐거워 사는 것도 아니매

꼭
이렇게 말하리

'삶은 그냥 오지 않고
허전함으로부터만 온다'고.

아하

어지러워
어머니께 못 갔더니라

어머니의 늙음이
도무지 어지러워 어지러워
나이 근처엔 아예
못 갔더니라

그러다
어느날
졌더니라

꽃 지듯 쓰러졌더니라

작은 놈 기다란
허리를 보고 팔을 보고

그 길이에 놀라
쓰러졌더니라

아직도
나이를 이해 못하고

지금도
헛된 몽상으로 몽상으로만
빈 시간을 메꾸어

나이 근처엔
못 갔더니라

어지러워
어머니 근처에선 끝끝내
졌더니라

꽃처럼

아하!

선풍기 근처에

아내를
기다린다

시골 간
내 애기엄마를 기다린다

하늘 흐리고
여름과 가을 사이

일요일 한복판에 홀로 앉아
아무 위안도 없이

술도 담배도 몽상도 없이
아내만을 기다린다

와선
아무 말도 없을 것이다

다만 밥을 지어주고

함께 뜸뜨러 여의도로 갈 것이다

그뿐
그러나

내겐 그밖에 아무런
할 일이 없다

책을 읽으면
두 눈이 쓰라리고

글을 쓰든가 먹을 잡으면
정신이 왼통 어지럽다

어지럽다
생각 자체도 어지럽다

아아
예순넷

그렇다

죽음이 선풍기 근처에 와
빼꼼이 날 쳐다보고 있다

그렇다, 죽음.

그밖엔
아무것도 없다.

증산동에서

길 가던 한 사람이
새 본다

길곁에서 열차가 달린다
증산동 고가 밑에서
한 사람이 고개 들어
새 본다

새는 산너머
아득한 세월 너머
날아오고 또 날아온다
그 사이
기인긴 세월이 간다

하늘은 허공
옛 하늘도 내 속에선
비인

텅 비인 흰 빛.

염비길

연희동 근처
염비길

전후좌우로 가득
숱한 간판들이 시로 가득 찼는데

오든 왈
모든 것이 시가 된다 했거늘
간판들은
오호라
시 중의 시

붙박이장 이레분식
토탈웨딩 한결고시원

정통중국요리 천안문, 요가, 안경이야기,
즉석김밥, 브람스, 연지곤지,
에델바이스, 사과나무, 모닝글로리,
여우, 오크, 샬레 등등등

이쯤이면
나 이제
시 쓰기를 접겠다

연희동 근처
염비길 지나며

커다란 하품
단 한번.

꽃

사람의
몸은
40조개의 세포로
이루어진다

세포 안에서는
매초마다
수억 차례의 화학반응이
일어난다 일어난다 일어난다

몸은
정신을 창조했다
몸이 곧 뇌수.

아아

색정적인 몽상마저
스즈끼(鈴木)의 말처럼 하나의 어여쁜
꽃이다.

라고 믿었던 한 사람은 결국
전립선암으로 떠났다

떠나며 왈

'꽃이 아니다, 그것은!'

'그것은 꽃이 아니다!'

무궁화

화장실
소변기
물 내리는 소리에
막혔다
오줌 터지듯
더운 여름날
조그마한 창밖
흰 무궁화

소변기 위에 씌어지길

'말에 의한 상처가
칼에 의한 상처보다 더 깊은 법'

무궁화!

무궁화란 말도 어쩌면
칼이다.

아니
칼 이상이다.

토용

구월 어느날
버스에서 한마디 했다

가을이 왜
이리 더우냐고 한마디
내뱉었더니

앞에 앉은 한 노인
뒤돌아보며
왈

'벼가 알 들고
과일 단맛 들려거든
더워야지 암
쨍쨍 더워야지 아암!'

'그래도 가을은 가을인데……'

'가을이 아니라

토용(土用)이라오'

아암
토용은 아직
가을이 아닌 것이다.

재진화(再進化)

나는
어제 새벽
일찍 일어나 새푸른 여명 앞에서

남의 자식으로 태어나
한 작가의 길을 간

넋이 흰
그이들을 따라가기로 했다.

숲 사이로 난
좁은 길이 나의 길
가파른 그 길

나는 그 길을 가기로 했다

50여년을 내내
시를 써온 이 뒷날에야
느지막이 시의 뜻을 세운다

천지부모를 모신
나 또한
천지의 한 부모.

나로부터
사람들이 아직은
자유자연 지향이라 어설피 알고 있는

새,
풀잎과 나무,
구름과 물과 다람쥐들이

이제 새로이
태어나리라

아
푸르른 창조의 새벽
나 또한

다시 태어나리라

한 작가로,
꼭 자유자연만이 아닌
활동하는 무(無),
흰 그늘로

저 새벽녘
눈빛 가느다란
어두운 여명

검은 등걸은 괴상하고
흰 꽃은 기이한

다섯 가지
매화(梅花)의 이념(理念)으로

다시 진화하리라

새 오만년의 한
새,

또는
한 물방울

그리고
한 풀잎으로 나무줄기로

한 구름으로
또 몇 마리의
새 다람쥐로.

바람이 가는 방향

바람이 가는 방향
거기 언제나
내가 서 있다

바람과 같은 방향 아니다
바람에 맞부딛치는
역류의 길

거기
회오리도 소소리도
하늬도 하늬바람도 일어

펄럭이는 옷자락
날리는 머리칼
외치는 몸뚱이 몸뚱아리

나는 언제나
반역의 사람
바람 없이는

내 삶도 없다
존재가 아닌 있음이 아닌
살아 있음 없다

살아 있다면
친구여
바람을 거슬러라

아
바람소리 바람소리 속에
내 몸의 노래가 살아 있다

내 몸속에 깊이 박힌
생명의 외침
그 넋이 살아 있다.

사랑

아직도
나는 모른다

조금은 알지만
정말은 다 모른다

몸의 상처가,
더욱이
지하실에서의
그 몸의 상처가

어떻게 마음을
뿌리에서조차 뿌리에서조차
아프게 하는지
슬프게 하는지

조금 아는
그것만으로도
그러나 나는 안다

그 아픔이
외로움이라는 것.

누구도
가까이 다가가
덜어주지도 보태주지도 못하는

진정
외로움이라는 것.

그러매
이렇게 생각한다

바람이
강 이편에서
강 저편으로 소슬이 이어가듯

우리 모두

몸 한 귀퉁이
어디라도 조금은
괴로워해야 한다는 것

공연히라도 가끔은
아파할 줄을
슬퍼할 줄을

알아야만 한다는 것

그리고
그것이 사랑이라는 것을

꼭
알아야만 한다는 것.

컴맹

누구에겐가
편지를 쓰고 싶다

아무도 없다

누구에겐가
억지소릴 하고 싶다

그런 사람은
이 세상에
아무도 없다

없다
아무리 생각해봐도 그렇다

그러매
빈대에게 혹시는
이나 벼룩에게 또는 바퀴에게,

그도 없다면
책상에게.

'인격, 비인격이 모두 다
우주의 공동주체다.'
밸 플럼우드의 말이다.

'기계나 연장에 대한
윤리까지 이제는 필요하다.'
이마미찌 토모노부의 말이다.

아
너무 외로워
아이들 방
낡은 컴퓨터 앞에 가

한 시간 내내 앉아 있다.

컴맹 주제에.

아날로그 주제에.

허나 유비쿼터스 지지자 주제에.

그리고
왈
에콜로지스트 주제에.

위안

지옥 같던
지하실의
옛 기억의 입구에서

이제 내 심장 따위론
거기
들어갈 수조차 없음을 안다

서글프다
허나
편안하다

아
늙는다는 것

여러 시인이
여러가지 말을 하지만

내겐

그렇다

축복이다
더없고 다시 없는
커다란 위안

그러나
나는 안다

이 축복이 극히 짧다는 것도.

그러매 부러워한다
아메리카의
저 늙은 삐딱이
노엄 촘스키를.

귀향

고향 목포고등학교 학생들 앞에서
문학강연 하는 자리다

한 여윈 학생이 일어나 묻는다
'어찌하면 시를 잘 쓸 수 있습니까?'

내 대답은
꼭 세 가지,

'중학교 1학년 때
나는 유달산 달성사 공중변소 판장에
써진 선배들의 낙서를 보고 나서 시를
쓰기 시작했다. 생각나는 거 없는가?'

'……'

'사람은 똥 싸는 때 가장 철학적이고
시적인 생각을 하게 된다. 아직 대답이
안되었나?'

'……'

'시는 똥이다. 가장 훌륭한 시는 똥보다 더 추하고 더러운 데서 나오는 것이다.

똥을 연구해야 좋은 시를 쓴다.'

웃음, 외침, 박수 또 박수!

나는 박수 속에서 차에 올랐다.
비행기 속에서 생각했다.

'숭고는,
가장 격조 높은 아름다움은 극도의 추(醜)와 질병을 통과해야 나온다. 그것을 잡으려면 마성(魔性)과 섬세성의 극과 극의 모순을 함께 지녀야 한다. 이 말을 한 그레이엄 그린의 「귀향」이라는 단편 속에서 주인공은 늙어서 낙향, 고향의 공중변소에 들어가 옛 낙서들을 본다. 그 낙서들이 주인공의 인생의 시작이었고 그레이엄 그린의 문학, 그 어두컴컴한 속에서 귀신불 같은 눈부신 신성한 빛이

배어나오는 '흰 그늘', 즉 모순의 상보적 세계를 개척했다.

나에겐 추에 대한 용기가 아직도 있는가?
고 3때 문리대까지 가서 황찬호 선생의
'권력과 영광' 특강을 듣던 때의 그 용감한 추의 미학이……

비행기에서 내렸다.
집이 가까워질 때 마침내 대답이 떨어졌다.

'없다.'

곧 떠오른
한스 아르프의 시 한 구절,

'내가 젊었을 땐 추하고 병든 것을 지극히 사랑했다.
나이가 들면서 거꾸로 우아하고 건강하고 아름다운 것을 더 좋
아하게 되었다.
나이란 그런 것이다.'

내 나이 예순넷.

이제 보니

환갑이 훨씬 지난 늙은이였구나.

'제길헐!

이제 막 시작인데……'

내 시의 스승은 조형 다음에 또 이형

스무살
내 대학 때
민중민족문학의 사형(師兄)
조동일 교수를

시와시학사 편집실에서
십여년 만에 만났더니
대뜸
왈,

'어수룩한 시 많이 쓰고
허름한 시 가리지 말고 발표해!'

그래
어김없이
꼭 그랬더니만

평론가란 이들이 모두 다
차마 엉터리란 소린 못하고

죄 입 다물어버렸다

백두산 천문봉에 올랐을 때다
안개에 가려 천지는 없고
바위 위에 시뻘건 불광(佛光)만이 타오르는데
가슴 속에서 한마디가
똑 불광처럼 떠오르는데

'쉽고 허름한 형식에
서늘하고 신령한 내용!'

백두에서 돌아와
잠 못 드는 밤
이시영 시인의
『바다 호수』를 읽던 중

「강은 흘러서 바다로」가 끝나는 대목
'그들은 대강대강 그러하였다'에서
문득 맑게 개인 천지를 보았다

연길로부터 돌아오는 길
영종도 공항 벽에 거대한 거대한
천연색 천지 사진에서 도리어 참다운 시를 보았다
두만강 끼고 달리던 한 밤
어느 자작나무숲에서 뛰던
흰 사슴 이야기만 거기 더 있다면

그래
다름아닌
'예술대학장 김동리'겠지

내 시의 스승은
조형 다음에 또 이형

두 스승과 나 사이엔 이미
백두산 두만강이 우뚝하거늘!

명천(鳴川)

명천의 부음을 병상에서 듣고

1

애비는 느을
빙긋 미소 띤 채
업혀 돌아오곤 했어

마을 엿간 어둑한 뒷방
검게 탄 바닥 위에 꾸욱꾹 손가락 잡아눌러
내게 한 자 한 자 한글을 가르쳤지

'몸'
'일'
'밥'

조금 뒤로는
'삶'
그리고 또 '앎'

왠지 기쁘고도 무섭고

떨리면서도 자랑스러웠어

뜻을 살풋 깨치고
조금씩 눈치채어가던
그 외롭고 기인긴 철니의 때

언제나 애비는 집을 비웠지
글자들만 구석구석 시퍼렇게 살아
추억으로 추억으로 날 가르쳤지

그래

명천이 또한 그랬다네.

2

다
아시듯
명천은 이산해(李山海)와 이토정(李土亭)의

알짜 명문

날 같은 쌍것과
비교나 되겠는가

하기사
이 공(公) 저 공 그 공 또 그 어떤 공
가득가득한 족보를 들어
묻고 또 묻는 내 스무살에 대고
한마디로

'돈 주고 산 거여!'

생각한다
애비의 이 대답
무뚝뚝한 단 한마디가
다름아닌 나의 족보라는 것

그 위에 동학, 좌익은 모조리 능지처참,

족보에서마저 싸그리 부관참시당했으니
이것이 다름아닌
나의 족보라는 것

또 생각한다
명천은 청강(靑江)이요
지하는 바람이라
흐르고 떨리는 풍류(風流) 깃발을
높이 들기론 한통속
한족보라는 것

그러나
그에겐
옛, 옛, 옛 어른들의
대동(大同)의 길이요

내겐
그저
새, 새, 새 쌍것들의

울울한 각비(覺非)일 뿐,

나 한번
명천 덕에 그러나
여울 근처 휘돌아가는
희끗희끗 새된 큰 바람,
네 눈동자에 이는 한번의
그 큰
하늬이고자……

꿈.

3

명천과 창비가
서로 소원했을 때다

걱정하는 내 앞에
허리 곧추세워

큰 눈으로
왈

'나 이래 봬도 표표한 사람이여!'

이리 자기를 내세우는 이도 근자엔 처음 봤다
그 반대말을 생각하면 소름마저 돋는다

매월당(梅月堂)?
교산(蛟山)?
난고(蘭皐)?

대꾸 대신 그가 가져온 조니워커
한 병을 큰 글래스로 두 잔 가득 나눠 따르고는
엎드려 넙죽 큰절했더니

명천이
대경실색,
'내 탓일세 내 탓!

내 잘 처리할 테니
안심하시게 안심해!'

명천답지 않게

남전참묘(南泉斬猫)를
조주초혜(趙州草鞋)로
잘못 봤던가?
아니면 제대로?

그 뒤 나는 속절없이 먼 길 다시 떠났고
그는 그 뒤 참으로 돈독하게
창비와 새 길 텄다네,

고학(古學)이지.

  4

나

그만
불시에 낙향해버린
해남(海南)에 언젠가 불쑥 내려와서다

아침 마루 위 세간붙이 어지러워
'이래서 될까?'
했더니
왈
'살림이란 게 본시
이렇게 늘어놓고 사는 거지 뭘!'

낮은 토담 너머
이웃집 소를 한참 눈여겨보다가
다시 또 한마디
'소를 쓰게
살림 살듯 '소시(詩)'를 써
쇠고기는 맛만도 백여 가질세
세상풍파 여러가지 맛
애린 아닌가

애린!'

애린 두 권의 시작이다
화엄군 명천면 애린사 소재
천수관음 얘기다

아니면
땅끝 사자봉 위에 최근에 섰다는
시비(詩碑)
애린의
첫 시작이다.

총총

  5

세 마디,
미사리에서.
지금은 온통

카페요 노래방인 곳

그전엔
우리네 민족 농촌혁명의
옛, 옛, 한 근거지

에밀리아노 사빠따의
짙은 그늘 내린 사빠띠스따
마르꼬스의 인터넷 농촌문화혁명의
근거지 치아빠스와 똑같은 곳
농촌협업화며 자주적 경공업,
유기농, 유기공의
한, 한, 옛 해방구

날 흐리고
물결 드높은
가을 저녁 그곳
강변에서 함께 소주를 마셨지

한 시절이 이미 지나간 뒤
풀만 그저 무성하던
그 미사리 농장 터에서
세 마디,

'내 앞엔
그런 시절 올 것 같지 않아'

울적한 명천더러
내가 한 말은

'바탕만 되면
그때는 모든 것이……'

지금도 안 잊히는
명천의 그때 한마디

'올 때는 올 때가 반드시 따로 있는 법
이미 늦었어'

아아

산복(山馥)이가

지금 몇살인가?

디지털 영화 공부한다는

맏아들 산복이……

그리고 인터넷 소설 쓰는

우리 원보(圓普)의 나이는?

'젊은 애들이 농촌을 너무 몰라……

농촌엔 젊은 애들이 너무 없고……'

그럼…….

   6

문득

우수 경칩간에
병석에서 명천의
부음을 듣다

쥐어짜지들 마시라
한(恨)이 아니다
들씌우지들 마시라
흥(興)이 아니다

한 시대의 핏빛 고통을 두고
흰 그늘이 다 되도록 몸 바쳐
애쓰고 애쓴 시김새의 명인
속절없이 떠나간다

빈 산이 달을 토하매
수리성 중의 수리성
늙은 산이가 베 가르는
귀청 찢는 소리
소리 속의 저 신명의 한 소리

'내 자취 다 거두라'

문득
생각한다

이 기이한 기이한
철갈이 때에
고요할수록 도리어
천둥처럼 터져나오는
여울물소리,

우수 경칩 보름 사이
한 침묵의 소리

명천!

부디
다 잊고
그만 고요하시라.

때라네.

단기 4336년(서기 2003년)
양력 3월 6일 경칩에

* 명천(鳴川): 작가 고(故) 이문구(李文求) 선생의 호.
* 산복(山馥): 이문구 선생의 맏아들.
* 원보(圓普): 김지하 시인의 맏아들.
* 매월당(梅月堂): 승려이자 시인인 김시습(金時習)의 호.
* 교산(蛟山): 홍길동전의 작가 허균(許筠)의 호.
* 난고(蘭皐): 방랑시인 김삿갓의 호.
* 남전참묘(南泉斬猫): 중국의 유명한 선승(禪僧) 남전이 고양이를 목 벤 사례.
* 조주초혜(趙州草鞋): 남전이 고양이 목을 벤 것을 보고 막 돌아온 조주 스님이 자기 머리 위에 짚신을 얹어 보인 사례.

강 건너 등불

어젯밤
술 취한 한 후배가
전화를 걸어

나 죽으면
제가 묻어준다고
울먹였다

새벽 다섯시
오똑 일어나 앉아
그 말을 생각한다

젊었을 때
남쪽 바다 한복판
외딴 섬에 종일 서 있었던
그 기이한 날의 흰 파도 같은 외로움이
되살아온다.

많이 세상에 돌아왔구나!

허허허
많이많이 세상에!

그러매 이제 그만
털털털 다 털고 나서
떠나도 되겠구나!
단 하나

막내놈
그림공부 밑천은 어떻게든
벌어놓고
그 뒤에

그 뒤에 전에 또 하나
어머님 모시고 난 그 뒤에 뒤에

아아
내 죽음에서

어느덧 피냄새 가셨구나

진리고 혁명이고 유토피아고

모두 다
허허허
강 건너 등불.

예순넷

예순넷
이 나이에
선뜻
고향에 못 가는 것은
기억 때문이다

기억이 아니라면
언제든 갈 수 있다

부딪치는 것마다
전혀 다른 기억이 솟아
솟아서

싸늘하고
가차없고
거적 덮인 송장들이며
거꾸로 매달린 그러나 아직은
숨쉬는 벌거벗은 그런

뜨거운 것은 콜타르 타오르는
일본식 집들 사이사이 십자로
텅 빈 모랫길에 버려진 다섯살 혼자

고기떼 뜯어먹다 남긴 것
둘씩 묶인 보도연맹 사람들의
갯가에 밀린 그런

기억들 기억들
홍어 속에서도 기어나오고

유달산 전망도 가득히
가리면서 사방에서 튀어오르고

삼학도 인근은 특히
어디에서도
어디에서도

싸늘하고
가차없고

예순넷
이 나이에
선뜻
고향에 못 가는 것은
기억 때문이다

기억은 저주
기억은 정신병
기억은 학살

예순넷 나이에
저주 없는 고향은 아마
내 나이쯤
누구에게도
없다.

아마
그럴 것이다.

산발사하

전라도의 형국이
머리 풀어 사방에 흩은
여인네 같아
산발사하(散髮四下)라 한다지

그래
큰 예술가
깊은 시인 여럿 나온다는데

그것을 역으로 풀어
왕건의 훈요십조가 나오고
나주의 백제 해양문화 숨죽였으니
얼럴럴
딴따라밖엔

딴따라밖엔
할 일 없구나
이 꽃다운 문화의 시대에 와
그것밖엔 더 할 일 따로 없으니

좋구나
얼럴럴
빛나는 꽃
광화남학(光華南學)이

탐라로나 건너가
방성칠(房星七)이 반란밖에
소리로 춤으로 도트는 일
이젠 그것밖에 할 일 없다니

바로 그것
다름아닌 풍류라!

오호매!
학명산천(鶴鳴山川)이
바로 그것 아니던가!

열아홉

아무도
오가지 않는,

열아홉
그 뒤로는
거기
그 어덩의 집

늘
반달이
보름달로 떠
모래둔덕 위 미미하게 비치는

아무도
어느 누구도
온 일 간 일 없는 대낮 공터에,

꽃은 물론
풀도 나무도 아예

행여나 혼자라도
한번이라도
나그네 걸음마저도 자취 없는,

강변엔 요요한
불 꺼진 등대 하나

뒷골짜기의 국립묘지
무수한 귀신들 대낮에도
떼지어 떼지어서 외치고

옛 사월
중앙대 학생들 떼지어
떼지어서 그 앞길로
시위 나가던

거기
그 흑석동

비개의 집

단 한번
대낮 공터에 홀로 우뚝 서

하늘을 향해
수음을 한번
피가래를 또 한번
땅에는
뱉고 나서 다시는 다시는 돌아가지 않은
열아홉

그 집
마음속 대낮
희디흰 반달의

미미한 보름달의
거기
그 어덩의 집

나의 열아홉

쌔하얀

어둠.

김지하 현주소

시 짓고
그림 그리고

가끔은
후배들 놀러와

고담준론도 질퍽하게
아아
무엇이 아쉬우랴만

문득 깨닫는다

죽음의 날이 사뭇 가깝다는 것.

김지하 옛주소

시를 쓸 때는
목숨을 걸었었다

열여섯부터 그랬다
왜 그랬을까

컴컴한 사창가 언저리를
배회하다 배회하다
가등 밑 전봇대에 수첩을 대고
연필 꾹꾹 눌러서
기괴하고 사악한 몇마디
갈겨쓰기도 하고

불꺼진 자취방에 슬금 돌아와
어둠속에서 수음을 하기도 했다

이 모든 날들의 우울을 깨알같이 적어
검은 노트라 이름지었으니

그무렵
자유당 말기의
내 정신풍경을 한마디로 뭐라 할까

매독환자
아니면
아편쟁이

생각할수록
지금 내 삶은 높고 휘황한 대금산!

사월이 오고 오월이 오고
방랑과 감옥과 행동의 날들

증오와 격정과 비탄의 날들

또
알코올과 색정의 그 숱한 밤들, 새벽들!

이윽고
신 앞에 앉았다

그래

이제는 아무것도
아무것도 없고

외로움밖에 없고

후회할 일밖에 없으니

참
개똥 같은 인생이다.

땅거미

하늘엔
해 없고

먼 곳 흰 강물줄기 안 보인다

돌아가야 살 길
뛰어넘어야 숨쉴 틈

엇
한 자리

타고 스며라 타고 스미듯
도리어
가야만이

산다

하늘엔
해 없고

먼 곳 흰 강물줄기 안 보인다.

회촌에서 소월의 기억 1

해거름에
회색 비 뿌리고

구름 위로 산들 솟았소

화투짝 같은.

오고 가도
산천 무심한,

내 무심한 발걸음에 이미
물 하나 가로 흘러 개 건너
회촌 해거름에

화투짝 같은.

여우비 솔숲 적시는 그날
호랑이 장가가는 날 그날

화투짝 같은,
화투짝 같은,

아득타
고속도로 위

회색 비는 뿌리고

화투짝 같은 달이 벙긋 저기 저
빗속에도 떠

구름 위로
구름 위로
산들 솟았소.

회촌에서 소월의 기억 2

오봉산 밑자락
신들이 두런거리고

밝솔 뿌렁귀마다
송곳 솟는다

한밤
비오는 회촌

돌아갈 길마저 끊는
개구리 울음소리 귀신 웃음소리

늦었구나
옛 약속은
모두 다 파장.

영상 하나 거기 남아
네 귀래(歸來)의 마지막 모습 그것 하나
눈가에 등불가에

끝내 남아

너울너울 춤춰 돌아간다
이 한밤에 그 길을

내일이면
서울로 갈

그 길을, 끊어진 이 한밤에

아,
미리 간다

늦었구나
옛 약속은
모두 다 파장.

관악산

관악산 꼭두에
잿빛 구름 몰켜 있다

비하늘 아래

내 삶
이제 늙었으나
낡지는 않았구나

날카로운 비의 아픔

오해는
삶에 대한 나의
기인긴 오해는

참이해의 지름길

오늘 저녁엔
하늘 문득 개이겠다.

제2부

화씨 9/11, 그리고 샤갈

2004년 7월 30일 낮

광화문 씨네큐브

마이클 무어 다큐

화씨9/11

미국의 얼굴이다

나의 6·25 때 얼굴이다

많이 울었다.

고맙다는 한마디,

그리고

다시는 안 속겠다는 단 한마디,

그뿐이다.

색채들은

점차

도입부 9/11 쌍둥이빌딩의

시커먼 허무에로 돌아간다

묵화의 세계다.

'토니로마'라는 돼지갈비집에서
밥을 먹으며 자꾸 토한다
어지럽다

뜨거움 속을 걸어서
정동 골목의 샤갈 전시회로,
그 마지막인 지옥으로
내려간다.

'내 작품은 내 추억들이다.'

좋은 말이다

그러나
내게도 추억이 있는가

징그럽고 무서운 것은 추억의 영역이 아니라
반동의 탄생지다.

'나의 태양이 밤에도 빛날 수 있다면,
나는 색채에 물들어 잠을 자겠네.'

10월혁명을 그린
샤갈의 고통에 찬 그림을 본다.
동방교회의 혁명관이다
거꾸로 선 사람이 있었다
레닌이다
'밤에도 잠들 수 없다면'
그렇다
러시아는 내내 백야(白夜)였다

볼셰비끼라는 공포가 없었다면
샤갈의 환상도 없었다
연인과 초록나무처럼

어둠속 사랑이
있을 수 없었다
짜리즘 없이는 도스또예프스끼도 없듯이.

그러나
샤갈은 우주생명학의 시작이다.

닭과 거룩한 결혼녀가
한 하늘에서 높이 오르듯

누드까지도
허공을 난다
유체이탈도 흔히 일어난다

나는 지금도 내 시에서
유체이탈을 실현할 용기가 없다

아직도 나는
10월의 중력권에 묶여 있다

비인격은 그래서 내겐 아직도
주체가 아니다.
10월보다
오늘에
샤갈이 더 위대한 점이다.

레닌은 한낱 차력사,
그러나 샤갈의 아버지다.

붉은 말(馬) 속에서
사랑의 전설이 속삭인다

꿈은 달 속을 여행한다

쌍뜨 뻬쩨르부르끄 교회의 첨탑이
온 세계에로 새벽종을 울린다
'이제 꿈을 꿀 시간이오'
라고.

붉고 푸른 꿈
10월이 창조한
위대한 반동

마프노, 예쎄닌의
농민사회주의,
게르쩬의 꿈꾸는
미르의 주체인
꿈,

'그 어떤 구속도 없이
새처럼 노래하리라.'

샤갈은 예쎄닌이 되어 노래한다

문학을,
음악을,
무용을,

연극을,

울려다.
아니 여율이다.

그는 마프노와 예쎄닌과 게르쩬이 꿈꾸던,
빠스쩨르나끄가 꿈꾸던 대지와 예술가의 혁명을
그리고 그리고 또 춤춘다

'연보라 누드'에서는
조르주 루오와 피의 술을
나눈다

붉음
또 붉음

'서커스에서' 춤춘다

'십자가에서

내려진 그리스도'로서
10월의 기억의 반작용도 드디어 끝이 난다
러시아 오르또독스는 차원을 바꾸어
새 세계로 뛰어오른다.

샤갈은 드디어 그리스로 간다
예상된 여로다,
히브리 다음엔 헬라.

신화들과 그리스도의 투쟁은
갈등하는 색채들 사이에
소묘(素描)의 흰
여백을 열어준다

되찾은 평화와 시지프스
파도 속의 오디세우스

아리따우나
지루한 지루한

지중해의 샤갈전은 끝나고
화장실로 이동한다

화장실 소변기 위에 써 있다

'아름다운 사람은
머문 자리도 아름답다.'

소변을 보면서
샤갈의 영혼이
묵란(墨蘭)을 한 장
허공에 놓고
떠나는 것을 미리 본다

이 현란한 색채들과
신화의 끝에는
세계의 우울이라 불리는
흑백의 묵화가
기다릴 것이다

무지개의 끝은 밤이다.
섭씨37도.

화씨 9/11의 연장이다.

현란한
팍스 아메리카나는
대낮에도 시커멓다.
보스턴의 민주당 후보지명대회에서
부시에 이어 부시에 이어
케리는 또다시 '강한 미국'의 약속으로
갈채를 받고 있다.

'다시는 안 속겠다?'

6·25 때 영산강가에 밀린
보도연맹원 두 사람의 철사에 묶인
고기들이 뜯어먹은 송장 아닌 물건들의 기억.

그리스 신화가 계속된다

벨라와 이다의
페이라 카바 정원에서
숨이 멎는다

묵화로 차원이 바뀐다

앙드레 말로,
『침묵의 소리』 속의
그 세계의 우울.
흑과 백,
다큐의 근원.

'이젤과 화가'

'검은 바탕 위의 화가'

끝이다.

'예술에 대한 사랑은
삶의 본질 자체이다.'

1980년,
니스,
끝이다.

샤갈은 천천히
묵화의 지옥
세계의 우울로 내려간다

샤갈은
지장(地藏)보살의 세계로
내려간다.
그곳은 생명이 새로이 시작하는 자리.

10월과

10월의 반동과
오르또독스와 그리스가
동아시아의
묵화로
참생명의 순환 속 바탕으로
이동하는

현대문명의 중심이동이 곧
샤갈,
그리고
화씨9/11에서의
무어의 결론이다.

뜨겁다.

고맙다.

운다
또 운다.

집에 돌아와
세수를 하고

이윽고 뜨거운,
그러나 컴컴한 나의
먹방으로 들어간다

묵란을 한 장 쳐서
부시와 무어와 케리와 레닌과 샤갈에게
이제
내가 대답할 차례다.

흙집

일산의
오피스텔 빌딩
11층 고공 꼭대기에 앉아 한낮에

빈
들녘
자그마한 흙집 하나를 생각한다.

돌아간다는 것
잊힌다는 것
숨는다는 것

벼루와 먹과 붓과 종이
고승대덕(高僧大德)들의 옛 비석 번역본이 열권
그리고
오래 묵은 시 몇편

네 시간 자고 열 시간 일한다는
동경대 출신 우파 엘리뜨들 앞에서

자기는 열 시간 자고 네 시간 일한다고 말한
쯔루미(鶴見) 선생의 쿄오또 철학이
노을 비끼는 이 저녁에 웬일로
뚜렷뚜렷이
허공에 새겨지는구나

가자
몸 성할 때 가자

가
조용히
엎드리자

엎드려 귀를 크게 열고
바람소리 속에서 죽음을 기다리자

네 시간 일하고
열 시간 잠자고.

추사

내 시간의
저 위쪽

추사(秋史)가 살아 있었다는
그 일 하나만으로도

37도의 이 무더위가
아무렇지도 않다

추사
가을의 역사

그이 글씨 중에
나는
인왕산 바위 위에 새긴
송석원(松石園)이
가장 좋다

송석원

여항(閭巷)의 중인 나부랑이들 그 시판에
참판까지 지낸
알양반이 끼어들어,

중국을 속속들이 꿰뚫는
선비 중의 선비가
원만구족한 송석원 일필
글씨까지 새겼으니,

북청까지
유배된 중에도
황초령 구석에서까지
진흥왕 순수비를 찾아내었고

만주벌 공험진에선
고조선 돌화살촉 찾아
석노시(石弩詩)를 지었으니,

칠십 넘어 과천

청계산 밑에 가 살 때는
커다란 두부 구워
동네 민중들과 더불어 살아가는
풋풋한 두부시까지 지었었다

아아
불이선란(不二禪蘭)
단 한점으로

소남(所南) 판교(板橋)
노곤봉(盧坤峯)과
석파(石坡)며 민영익(閔泳翊)에
명나라 중 백정(白丁)까지
일필에 잠재웠다

추사
아
가을의 역사

옥수수바람 칠십년에
판전(板殿) 고졸(古拙)의
기이한 뜻을 깨달았다

젊어 그리도 오만하던
백파론(白坡論)을 뒤집었다

세월이여
세월이여

그리도 능욕한 전주 이삼만(李三晩)을
다시 찾아 사죄할 땐

아아 그는 이미 떠난 뒤였으매

울음 울던 그 마음
정방(正房) 바위 찢어진 돌에서
남한강 두물머리 파도가 섞여들어

추사체(秋史體),

그 지예(至藝)에 이르러

오늘

'산은 높고
바다는 깊도다(山崇海深)'

거기 마침내
옛 옛 조선나라 그 옛날의
선도풍류(仙道風流)에 이르렀으니

어쩌면
비 내리는 용강
한발 든
하아얀 학체(鶴體)에까지

마침내

이르를 수 있었으니
그 너머까지도 능히 나아갈 수도,

허나
거기서 멈췄으니

추사
아
가을이 아닌
토용(土用)이란 이름의
따갑고 서늘한
그 가을의 역사.

2004년 8월 24일

어제
파고다 공원에서
교사 삼백 명이
중국의 고구려사 강탈에
항의했다

오늘
라디오는
블라지보스또끄에서
니이가따까지의
옛 고구려ㅅ길,
천삼백여 년 전 옛 발해ㅅ길을
뗏목으로 서북풍 탄다는
모험가를 보도한다

중국은
고구려사 문제
학술에만 고정하겠다
약속했다

외무성 고위관리가 방한했다

속임수다.

얼마나 속임수 심한
중국인들인가를
아이들아
삼국지에서 읽어라

사직공원 앞
굽잇길에서

일인시위하는 사람이 있다

'고구려를 지켜주옵소서'

눈을 들어 건물들에로 돌리니
'한결수련원' 곁에
'윤선생 영어' 간판이 보인다.

부안 1

2003년 겨울 11월 28일
부안(扶安)
아무 일도 없다

전경들이 좌우에 늘어서 있고
백성들은 딱 백정들처럼

갈기다 갈기다
허리 굽혀 이젠 삶을 꼬깃꼬깃 죽이고 있었다

길가에
문신부 텐트가 노오랗다
반핵(反核)의 빛
노오란

스리마일도 체르노빌에도 없었던
다섯달째의 항쟁
그저 샛노오랗다

'다만 평화만 구하십시오'
내 한마디 말에
문신부 대답하여
'지금 여기서 나오는 중이겠지요'

여기 지금
반핵
바로 생명 평화 반대일치의 그루터기
반핵

하늘은 잿빛인데
아무 일도 일어나지 않고

갑자기 시장하다
'생거부안(生居扶安)'이라더니!

* 생거부안(生居扶安): 옛부터 내려오는 말로 살아서 부안 구경하라고 권
  할 만큼 그곳이 아름답고 물산이 풍부하다는 이야기.

부안 2

능가산(能伽山)은 서해를 노려보고 있다
소정방(蘇定方)의 상륙지점 아닌데도 내소사(來蘇寺)
도둑과 기인과 신선이 들끓었다
부사의방(不思議房)은
반도팔식(半島八識)의 북극성
변산(邊山)의 첫머리다

캄캄한 밤바다 너머 저 건너
등불이 명멸하는 곳
고창 선운사다
동백꽃 군락
동학의 텃밭

대웅전에서 염불소리 들려온다
밤바람은 아직 차갑다
어딘들 없겠느냐만
대웅전 왼편 뒤쪽 자그마한
삼성각(三星閣)이 숨어 있다
환인, 환웅, 단군

우주의 부처 안에 흰빛으로 나란히 섰다

부안은 지금 일년째 반핵투쟁이다
부안은 이제 풀뿌리 생명민주주의의 새로운 근거지요, 민중의
새 삶터다
부안은 예부터 모두들 살아서 한번 살아봤으면 하던 아리따운 곳
바로 이곳에
생명과 평화의 깃발이 높이 올랐다

삭발한 젊은 부인이 말한다

'핵전기보다는 촛불을 쓰지요
아이들을 그렇게 가르칩니다
새 문명이 올 때까지 참으랍니다.'

검은 바다에 흰 물결이 밀려온다
격포 언저리 '작당' 카페에서 녹차를 든다
부안 일의 기둥인 영조가 중얼거린다

'문제는 관료주의입니다.'
'그렇네. 바로 문화혁명의 시작이네.'

곁에서
변산의 시인 이강산(李江山)이 또 한마디,

'신시(神市), 화백(和白), 풍류(風流) 얘기도 도중에
심심찮게 나왔는디요잉 ─'

아!
부흥!
문예부흥!
동북공정(東北工程)에 대한 큰 대답!

세선당(說禪堂) 주인 진원(眞源) 스님이 웃는다

'생명과 평화는 이제 부안을 넘어 우리 온 국민의 깃발이 되얏
습니다. 새 문명을, 새 삶을 원하는 것이지라우.'

돌아오는 길에 멀리 두승산(斗升山)을 보며

'저 너머가 황톳재 아닌가!'
'그렇지요.'

그렇다면 여기 고부(古阜) 어딘가에
우리 곰보할매의 고향이 있을 것이다

역사는 반복되는가
한줄기
눈물이 가슴을 긋는다

벌써 십년 전 두세 해 동안 이 땅 부안을 드나들며 생명민주주
의, 풀뿌리 주민자치를 역설한 뒤 새까맣게 잊었던 이 땅에, 동학
의 텃밭인 이 땅에, 반핵 생명평화의 깃발이 오르는 이 땅에, 내 마
음의 고향 곰보할매의 바로 그 잃어버린 고향이 있다니

눈물이 다시
가슴을 긋고 흘러내린다

할매의 성씨는 본디가 이씨인데 할아버지와 똑같은 김(金)씨가
되었다. 연좌제(連坐制)를 피하기 위한 성씨 변경이요, 족보 수정이
었으니 무서운, 무서운 시절이었다!

아!
부흥!
문예부흥!
동북공정에 대한 커다란 한마디 대답!
그리고
아름다움과 상상력과 문화의 대개벽!

* 부사의방(不思議房): 신라 진표율사의 수련굴. 암굴.

* 반도팔식(半島八識): 조선불교의 뜻.

* 삼성각(三星閣): 큰 절마다 꼭 대웅전 뒤에 숨어 있는 민족 고대종교인 생명학. 선도풍류의 기원처.

* 신시(神市): 한민족 고대의 인격적 · 생태계적 · 신앙적, 물류교환의 호혜(互惠)시장이라는 경제제도.

* 화백(和白): 한민족 고대의 전원일치제. 직접민주주의 정치제도.

* 풍류(風流): 생명중심의 옛 한국 선도 예술.

* 세선당(說禪堂): 내소사의 안채.

* 연좌제(連坐制): 공화당 시대에 와서 해제된 반역자 가족의 공동책임을 묻는 형사제도.

촛불

사방이
흰 그늘이다.
타오르는 고요

오르는 물
내리는 불

땅과 물의 중력 그대로
뜀뛰어 초극하는 죠르바의 춤
어젯밤 내내 광장에서 상상에서
티브이, 인터넷에서
내 회음 안에서 되풀이되다

오늘 아침엔
눈부신 바람 아래
구릿골 흰나비의 저 피묻은 날개로
빛이 뜬다
떠오른다
단중(膻中)으로 서서히

모든 생각과 기억 속의 힘이란 힘은
다 함께 솟아오른다
해가 지면 기해(氣海)를 거쳐
또다시 니환궁(泥丸宮)의 저 높은
초월의 자리로 옮아갈 것이다
그리고
흰 그늘이 고요 속에
사방에서 다시금 타오를 것이다.

회음에서부터

불은 내리고
물은 오르리라

오류 없는 권력의 빛바람이
창조적 개혁의 밀물이
상상 속에서 꿈속에서나마
이윽고 눈앞에 태어나리라

오늘
3월 27일 오후 5시

나는 나의 단중에게 가만히 말을 건다

'틈!'
'이제 필요한 것은 틈이다.'

회음은 끊임없이 뜀뛰고 기해는 춤추지만
단중은 이제 서서히 거리를 두고 바라볼 것이다

온몸이 조용히
니환궁의 기인
묵상으로 들어가리라
들어가 차츰은
기억하리라

옛옛 해남에서 어느 스산한 날
검은 산 하얀 방에 앞서

혼자 앉아 문득 읊조리던
촛불의 시행 열 개

나뭇잎 휩쓰는
바람소리냐 비냐
전기는 가버리고
어둠 속으로 그애도 가버리고
금세 세상이 온통 뒤집힐 듯
눈에 핏발 세우던 그애도 가버리고
촛불
홀로 타는 촛불
내 마음 휩쓰는 것은
바람소리냐 비냐

* 회음(會陰): 항문과 성기 사이의 기혈(氣穴).
* 단중(膻中): 중단전.
* 기해(氣海): 하단전.
* 니환궁(泥丸宮): 상단전.

일본에서

에이 엔 에이
비행기 창밖으로
일본열도가 보인다

우선
바다가 보인다

웬일인지 캄캄한
삼천포 앞바다가 눈에 보인다

몇해 전
일본 다큐팀의
카메라 앞에 선

어여쁜
'메이'와의 대담이
다시 보인다

레바논 공항에서

비행기 납치 도중
긴급체포되어

지금도 후꾸오까 감옥에서 종신형을 살고 있는
비전향 적군파 엄마와
팔레스타인 게릴라 아빠의
문명을 넘어선 사랑을 얘기하는

'메이'의 검은 눈엔
삼천포 앞바다의
검은 물결이 희게 파도쳐온다

비행기가
칸사이 국제공항에 도착한다

아름다운
'메이'의 눈동자 속
그 검은 물결의 근원에 도착한다

적군과
그 검은 마지막 불꽃에 도착한다

이제 그만
일본에 대한
미움을 버릴 때다

최후의 기리시탄(吉利支丹)*
오다·쥴리아를 생각하며
신산한 '메이'의 삶에

죽어가는 팔레스타인 아빠가
체포돼 끌려가는 임신한 엄마에게
소리쳐 명명했다는
'메이'의 그 이름 위에
내 생각이 마침내 도착한다

'메이,
명(命)'

아아 생명(生命)!

* 기리시탄(吉利支丹): 일본 카톨릭 혹은 그 신자를 가리키는 말.

내 영혼은 오래되어

내 영혼은
너무 오래되어
이제 깊이 잠들고

일본 오오사까의
사까이 시민생협
강연회가 끝나고
뒤풀이 도중

내 영혼은
너무 지쳐
끊임없는 졸음에 시달리고

내 말이 어렵다고
'자기조직화'란 말이 너무 어렵다고
전혀 생소하다고 불평들 속에서도

시골에서 직접 제 손으로
농사짓는 청년 세 사람이 나서서

바로 알아들었노라
강조하는데도

지역자립의 생명 경제학자
나까무라 히사시(中村尚司) 선생이
내 말을 이제 화안히 깨달았다고
감동 감동하는데도

내 영혼은
너무 오래되어
이제 깊이 잠들고

앞의 두 줄은 허수경의 길이면
마지막 한 줄은
나의 운명

이십여일의 찌는 무더위 끝
사까이에 우리가 막 도착한 직후
우레와 번개와 폭우가 내려치고

끝내는 쌍무지개가 떠올라
모두들 서늘한 가슴에 가만히
손을 얹는데도

아아

내 영혼은
너무 오래되어
이제 깊이 잠들고

되풀이 되풀이되는
잠이여 잠이여
내일은 쿄오또로
늙은 철인(哲人)을 만나러 가는 길

결혼해
행복한가

너무 오래 전에 만났던

허시인의 얼굴

내 영혼은
내 영혼은
너무 오래되어

아
너무나 오래되어
깊이깊이 여기

기인 일본열도에서 잠들고.

* 『내 영혼은 오래되었으나』(창비 2001)는 허수경 시인의 시집이다.

평등원에서

비파호로부터
흘러내리는 우치천(宇治川) 거슬러
산쪽으로 오르고 올라
평등원(平等院)에 간다

'땅에 묻힌 나무에
꽃필 일도 없을 텐데
나의 몸의 끝
슬프구나'

평가(平家) 타도의 의병(義兵)에 실패,
할복한 삼정(三政)
미나모또 요리사마(源賴政)의
한 편 절명시(絕命詩)를 모시고 섬겨

아자(阿字) 모양 물 한복판에 불쑥
봉황 두 마리 날아나와 아미타 극락 간다

열두어 개의 악기들,

삼십여 개의 운중공양보살(雲中供養菩薩)들,
십일면 관음이며 지장보살이
모두 법화경 안에서 평등하다

병산서원 모양 측랑들이 열리고
귀퉁이 샘물 솟는
부동당(不動堂)이 웃음난다

아
11세기 민중의 염원이로구나
아미타의 사원에
천여년을 내리 내리
막새기와 얼굴마다 그 얼굴에마다

저것!

삼태극(三太極)이 소롯소롯 뚜렷하구나.

두레마을에 가서

마르꼬스의
사빠띠스따는
복면에 총을 메었지만
싸움은 인터넷과
사빠따의 전설이 가로맡는다

위대한 운동은
신화를 동반하는 법
오히려 어쩌면
신화가 주체다

중국 연변의 연화동 골짜기
두레마을에 갔을 때다

산곡간 깊이 숨은 개활지
궁궁처(弓弓處)에 놀라고
전설에 또한 놀랐다

김좌진 장군의 사령부가 있었고

김일성의 유격근거지도
김정숙의 생가도 가까운 곳

더욱 크게 놀란 것은
마을 복판에
문인들의 창작실이 큼지막하게
들어선 것

종교가 없는 중국에선
문학이 종교노릇을 하기 때문이다.

이미 십여 명의 조선족 작가협회 사람들이
기다리고 있었다. 연길일보도 와 있었다.
날카로운 질문이 쏟아졌다.
주로 환경과 생태, 생명의 문제였다.

황하 서북부의 사막화,
황사,
동부연안 도시들의 대오염.

중국을 자극하면
동포들이 불편할 듯해
오히려 연변에 호랑이 나타난 것이
그 아래 먹이사슬의 재생의 증거라고
한마디 칭송했더니

아하
협회 주석의 입이 귀에 가 걸렸다

그러나
돌아오는 길
찻속에서 밤늦게
약간의 비판이 중국의 문화패권주의에 대해
쏟아진 뒤 동승했다 연길에서 차를 내리던
한 조그마한 학생이 왈

'조심스럽게들 사십시오.'

아하

복면과 총이다.

그러매 전설은 더욱 날카로울 것이고
신화는 한 발짝씩 성큼성큼
앞으로 나아갈 것이다.

오히려
주체다.

윤동주 앞에서

용정의 명동학교 자리
전시장 맨 끝 사진 속의
윤동주 앞에서

뭔가를 꼬옥
맹세해야만 하겠기에
맹세하였다

맹세,

'아내에게
충실하리라!'

'기껏 마누라냐?'

'그렇지 않다'

아내는 민족,
아내는 마고(麻姑),

아내는 지구,
아내는 그 옛날의
삼신천문(三神天文),

지구 중력권의
직녀성(織女星)과
태양계의
남두육성(南斗六星)과
은하계의
북두칠성(北斗七星)이
직렬했던 만 사천년 전
지구와 우주만물의 근원적인 평화에로
돌아가는 다물(多勿)

율려(律呂)자리의
옛, 옛, 옛
새로운 여율(呂律)에
충실하리라,
아내에게

용정을 떠나며
일송정(一松亭) 소나무가
일본놈 아닌 그 누군가에 의해
또다시 잘려나갔다는
요즈음의 소문들을 생각한다

윤동주 역시
어쩌면
우리들 기억에서
어느날 갑자기 연기처럼
사라질는지도 모른다

하물며
다물의 신화 쯤이랴

그러매
뭔가를 꼬옥
맹세해야만 하겠기에

맹세하였다

맹세,

'아내에게
충실하리라!'

'기껏 또 마누라냐?'

'그렇지 않다
아내는 다가오는 날들의
이름이다'

용정의 명동학교 자리
전시장 맨 끝 사진 속의
윤동주 앞에서.

구리를 지나며

구리(句里)를 지나며
고구려를 생각한다

번지수 잃어버린
민족의 옛 넋을 생각한다

아파트의 벽마다 그리인
수렵도 수렵도
반궁수(叛弓手)들 저 날렵한 생명의
질주하는 이중(二重)의 모습 모습들

장대한 옛 삶의 길을
그윽히 생각한다

어느덧 차는
덕평(德坪)을 지난다

도원(道原) 선생의 역학(易學).

고구려발 생명학을 생각한다

구리를 지날 때마다
그때마다

비올 듯 비오지 않는 하늘 아래서

언제나
그래
생각한다

청청한 일월(日月)과 함께 우뚝한

날개 달린 물고기를,
아!
그 대륙의 하늘과 바다가 합쳐지는 커다란
생명,

생명의 옛 역사를.

이화장 가는 길

사월혁명도
한참 뒤

이화장(梨花莊) 가는 길 근처에서
엉망으로 취해
대낮에
해를 달로 알았다

공업연구소 간판에
오줌을 싸며
이승만 개새끼라
욕을 하다 실컷실컷
매를 맞았다

매든 놈께 대들며
나를 뭘로 보느냐

가슴을 펴며
큰 소리로

이 사월혁명가를 뭘로 보느냐

떠들다
더 많이 매를 맞았다
맞은 기억

그래
다 기억한다
또한
기억한다

사월 십구일 그날
나는 사실 데모 대신
흑석동에서 성북동까지
이불짐을 날랐다
자취를 위해.

기억한다

이화장 가는 길

사월혁명도
한참 뒤

대낮에 취해
해를 달로 알았다.

나의 기인긴 투쟁은 사실
그 뒤부터다

지금도
그 길 지날 땐

아프다.

천지 가는 길

컴컴한 숲그늘에
흰 자작나무들 빛나는
흰
외줄기
천지(天池) 가는 길

고개 너머 또 고개 너머
하이얀 외길
하이얀 하늘
예순넷에 처음으로
이도백하(二道白河)로부터 끝도 없는
천지 가는 길

천지,

쌔하얀 어둠
민족의 성산(聖山)

안개 속을 구불구불

흑풍구 비바람 속을 가로질러
천문봉 오르는 길
아
천지 가는 길

안개 가리어
천지는 없고
검은 어둠속
시뻘건 불광(佛光) 한 오리여
저만치 검은 바위 위에 타오르는 불

봉우리 끝의
기이한
눈 못 감는
새하얀 한밤

두려운 바람소리 소리 속에
외로운 변화의 신의 한 외침소리

옛

시베리아 허공중

고절(孤節)한 율려의 소리

'한!'

'처음!'

'새로운 시작!'

반은 잠들고

반을 깨어

밤새워 홀로

이를 악물고 다짐한다

'산 위에 물이 있음이여!'

수운(水雲) 왈

'산상지유수혜(山上之有水兮)!'

아침에도 여전히 천지는 없고

비바람 흑풍구 가득가득 흰 안개 속에서

아아
누굴까

거대한 손이 하나
뚜렷이
뜬다

아아
누굴까

저기 저
천지 대신
바위들 사이로
뜨는

하나의
거대한 거대한 불광의 불
타는 손

166

타오르는 백두(白頭)의 한
요령소리에
요령소리에

아
지금 여기 이렇게
신내림이여.

백두에서 돌아와

작은 샘에서
발원하는
두만강 흐름을 끼고 밤 새워
광평으로 무산으로
간다

어둠 속에서 희게 불타는
자작나무 검은 숲에서 숲으로
문득
사슴 한 마리
길 가로지른다

윤동주의 명동학교도
항일유격근거지의 숨은 땅
생태공동체 호혜망의
두레마을도

아아
연길에서 인천까지

기인긴 서해바다 위
허공에서도

사슴은
끊임없이
길 가로지르고

잠 못 드는
내 마음속

그 돌아온 밤을
끊임없이 환영인 듯 가로지르고

백두에서 돌아와

한 밤이 가고 한 낮이 또 지나간 지금
지금까지도

시퍼렇게 시퍼렇게

가로지르고
가로지르고

백두의 눈부신 흰 마리 끝마저
순식간에
가로지르고

무엇이
다가옴인가

분명
가는 길은 아니다.

ANA

에이 엔 에이
전일공(全日空)
서울발 오오사까행
기상(機上)에서 두 다리에
중국 연길에서 사온
호랑이 고약 파스를 붙인다

좌골신경통이다
회고록 집필과
묵란전 준비를 엎드려 몇년간
책상다리 한 결과다

내 글과 내 말
몇 꼭지가 일본말로 번역되어
오오사까의 사까이 시민생협이
출판기념회를 열어준단다

바로 그 자리에서
한·중·일을 비롯한

'아시아 민중호혜 관계망' 구상을
발표하기로 돼 있어
칸사이 공항으로 가는 길이다

회고록도 묵란도
모두 감옥과 관계 있고
감옥은 일본 친구들의
구명운동과 관계 있다

엊그제 연길에서는
연변 조선족작가협회로부터
재옥중의 내 중국시집을
선물받았다

영종도는 흐렸고
여기 현해탄 상공은
해가 빛난다

가만히 생각한다

칸사이 공항은 섭씨 32도라 한다
왜 가는가

이 더위 속을
아직도 서로 남남인
아시아를 위하여

공동체와 집합 대신
호혜(互惠)를 발언해야 하는
한민족의 소명

그렇구나
내 운명이다.

우레 앞에서

일본은 이번으로
꼭 다섯번째 간다

가기 전에
창밖 희뿌연 비하늘 가득
쌔하얀
요염이 떠오른다

누굴까

지난번 쿄오또의
은각사(銀閣寺), 이전에 갔던
이즈 고원 가는 길
아따미(熱海)에서

숲속 사이로 날아들던
검은 까마귀의 넋일까

까마귀 속은 하얗고

흰 학의 속살이 도리어 시커멓다고

동학의 허름한 몰골 안에
오히려
큰 부처님 앉아 있다고

남원(南原) 교룡산성 은적암 돌문턱에서
대지팡이 무술을 보여주며
내게 귀띔한 이는 다름아닌
옛 혁명가 박헌영(朴憲永) 선생의 아들
원경(圓鏡) 스님이다.

색공(色空)이란 그런 것

생극(生克) 또한 그런 것

일체가 아니다(不然)와 그렇다(其然)로
차원 변화하는 것

옛 바람(巽)은 이제 와 중국이요
옛 우레(震)가 오히려
지금은
일본

우레 바람이 함께
우리를,
우리의 창조의 새 길을
보필한다는 새로운 운수이고 보니

아아
누굴까

우레가 가는 방향
저기
저
마음 깊은 곳
희디흰 발자국소리 하나
누굴까

일본은 이번으로
꼭
다섯번째 간다.

은각사에서
일본 쿄오또의 옛 절

세월천(洗月泉)도
은하탄(銀河灘)도

우울이 잠들기엔
너무 작다

원한이 시들기엔 너무나
너무나 얕다

터덜터덜 혼자 걷는 철학의 길에
기울어 흩어지는
은각사(銀閣寺)의 오후 저 희미한

하늘 은빛이여

북두(北斗)까지 가기엔
아무래도 아무래도
너무 외롭다

아
팔반신(八幡神)이여
곁을 지키려는가

낮아져
이제는
주름진 흰 아미

우선
띠부터 풀으시라

한 잎의
차(茶)로.

쿄오또 1

일본의 혼은
쿄오또
쿄오또는
백제혼

이 말은
철인(哲人) 쯔루미(鶴見)의 말이요
메이지(明治)에 거역했던
숱한 일본 귀족들의 말이다

칸사이(關西)에 올 때마다
느끼는 기이한 또 비슷한
공주, 부여, 그리고 익산의 모습
야트막한 황금빛 금강의 아침

일본에 스며들어
쿄오또를 건설한
백제의 혼이 지나간 30년
나를 구출한 것이다

옛 백제가
백제의 오늘 한 시인을 위해
기도한 것이다
그리고 지금도 기도한다

일본은 경제적으로 망해야만
정신적으로 산다는,
일본의 해방은 여성들과
피차별 소수 민중의 것이라는
철인 쯔루미의 말,

나의 말이 아니다
나는 도리어 놀라고 있다
배용준을 보러 공항까지 나온
5천명의 일본 40대 주부들에게

아
현해탄을 건너며

청춘을 조국이라 불렀던
식민지의 시인이 공부한 곳도

하늘 우러러 한 점 부끄럼이 없기를
잎새에 이는 바람에도 괴로워했던
한 젊은 시인이 공부했던 곳도
모두 다 쿄오또,

일본의 혼은
쿄오또
쿄오또는
백제혼,

당과 신라 연합군에
나라가 망할 때
수십만 백제인이 바다를 건넜다

국수(國粹),
다물(多勿)이 이동한 곳

'천손(天孫)의 도래(到來)'다

반도로부터
만주에서조차
생명과 평화의 길이

숲속에서 드러날 때
쿄오또는 귀를 열 것이다
아시아는 드디어
평화 속에서 생명할 것이다.

쿄오또 2

일본에 올 때마다
답답했었다
모든 것 너무 완결되고
촘촘해서 틈이 없는 것

사흘째 아침
창밖의 호수와 숲을 보다가
깜짝 놀란다
거기 상서로운 흰 안개
한 줄기가
휙 스쳐지나가서다

참으로
1999년의
등탑(燈塔)의 깨달음은
올바른 것인가
그곳에서 본 팔괘(八卦)는
망상이 아닌가

중국은 이제 바람이요
일본이 도리어 우레인가
맞는가

그리고 보니
현대(現代)도 마이니찌 신문도
쿄오토오통신(共同通信)과의 인터뷰도
전과는 달랐다

왠지
큼직하고
한결
성큼하다

웬일일까?

일본 정부는 오른쪽으로
급물살을 타는데
민중은 그나마 새 길을 찾는가

지나간 50년이
헛되지는 않았는가

언젠가
이즈(伊豆) 반도에서
달아나듯 귀국할 때와는 무엇이 다른가

사까이 생협(生協)의
야마구찌(山口)도 카와시마(川島)도
이즈 고원에서 와사비 아이스크림을 먹던
파시스트들과는 사뭇 다르다

이제 아침을 먹고
쿄오또로 병중의 철인을 만나러 간다
그렇다

옷깃을 여미어야겠다
일본 민중 속에 드러난 이 커다란 변화 앞에서.

사까이에서

비 한 방울 없이
이삼주간 찌는 듯
무더위가 계속되더니

에이 엔 에이로
우리가 도착한 날 갑자기
비가 퍼붓고 우레 번개에 뒤이어
쌍무지개가 떴다

우연이면 우연이다
그러나 나는 생각한다
생명과 평화를,
동아시아에 창조될 새로운 문명의 이름,
생명과 평화의 길을.

강연회가 끝나고
뒤풀이도 끝나고

아

밤하늘에 별들이 총총하다
이곳은 모두
완벽해야만 움직이는 곳
반도와도 대륙과도 다르다

장백산에
백두 천문봉에 우리 올랐을 때
비안개 속 비바람 속에
어둠에 가려 천지 안 보이고
시뻘건 불광이 타듯

오늘 이곳 오오사까 사까이에
우레가 때린다

기이하다
그러나 나는 그 대신
이제 욕망을 버려야 한다
죽어야 한다
버릴 수 없는, 버려서는 안되는

마지막 회음부의
새빨간 피 한 방울까지도

여기서,
마치 백두에서처럼
나는 허름한,
그러나
이미 이제
사람이 아니다.

기꾸지

사까이 생협에서
생명과 평화의 길 강연을 했다

뒤풀이에서
모두들 강연이 어렵다고 말한다

한 사람
서른네살의 유기농 하는 농부 기꾸지

기꾸지가 일어나
자기는 다 알아들었다고 말해버린다

그런데 바로 그가
저녁식사 때

자기에게서 수년간 쌀을 받아 유통시키는
오찌이라는 젊은이에게

정색을 하고

'당신 뭐하는 사람이지?'라고
심각하게 물어보았다

그러고 나선
꿀먹은 벙어리 얼굴이었다

우스워 모두들 우스워
밤새 웃었다

아마도 생명의 농업이란
익살의 경작인가

남을 웃게 하는
기이한 능력인가

헤어질 때 기꾸지 왈
'강연을 한마디도 잊지 않겠습니다.'

나는 손을 굳게 잡으며

'농사 지으면서 늘 철학을 하세요.'

그리고 붙여 또 한마디,

'아마도 그러면 평생토록 남에게
웃음을 주게 될 것 같구려.'

기꾸지 얼굴이 순간
쿄오또의 저 미소짓는 보물
미륵반가사유상이 되었다.

회음에 별 뜨듯

중국에서는
바람과 불광과 꽃사슴

일본에서는
우레와 번개와 쌍무지개

돌아와
내 땅에 서니

해운대 등탑암에서 1999년
겨울 낮 허공에 돋은
새 팔괘(八卦)와

옛 병원에서 회음에
별 뜨듯 꽃봉오리 열리듯
궁궁(弓弓)을 그리던 열석 자의
회음수련,

청주 산사람의 예언대로

향후 5년의
시정(詩政)일까

'동남방이 우레요
서북방이 바람이라
우레와 바람이 돕는다 하니'

아마도 생명과 평화의 길이겠지

남북은 흰 빛의 사내와
검검한 그늘 계집의 결혼
동쪽 반도 삼팔선과 서쪽 요새
흰 백로의 엔카운터
그리고 동북서남의 기인긴 벌판과
얼음의 뒷날
새 문명이 들어설 빈 터
아 푸르른 저 빈 터!

여기 내가 지금

그래서
몸으로
섰다.

가며 오며

엊그제는 왁자한 중국말에 싸였다
오늘은 오오사까 칸사이 행
에이 엔 에이 기상에서 소란스런
일본말에 싸인다

수년 전 아메리카에 갔을 때
아리조나 드넓은 벌판의 수로, 농로와
엘에이 공항 샌프란시스코 공항의
온 세계 말, 말, 말들의 코러스에서

이 땅의 뇌수를 바꾸어
이 땅의 저 큰 힘으로 세계를
후천개벽해야 하리라고
태평양 상공에 지두로 썼다

반도는 어디에 있나
바다와 대륙 사이의 부두
반도는
그 가운데 어디쯤에 있다.

오늘밤은 오오사까 성
바로 그 건너편 뉴오타니 호텔에서
짐 속의 스피노자 한 페이지와
아산학회 주역(周易) 핸드북에서
한 구절씩만 찾아내리라

참다운
중(中)을!

담대한
용(庸)을!

사흘 뒤 일산 교하 내 방 한 구석
노루목 안에 돌아가

돌아가신 이정호(李正浩) 선생님
『정역(正易)과 일부(一夫)』에서
바람과 우레 뒤에 따르는

'산과 못'을
다시 보리.

신시(神市)를
보리!

그리고
호혜를!

고구려ㅅ길

간다

내

너에게 간다

조선이여

옛 조선이여

그 터에 솟은 오녀산성(五女山城),

흥안령이며 아무르며

새 시절 만나 도리어

엉그는 소슬한 역사의 높이여

거기

고구려에 간다

하늘이 좋고

넋이 좋다면

하늘길로 넋길로라도 가고

땅이 틀림없고 바다가 맞춤이면

아무렴

그 길로라도 간다

이제야말로

그렇구나

며칠 전에 만났다 헤어진

베트남 작가동맹 서기장

휴틴과 함께

중국 민초들의 꽃

손가(孫歌)와 장법(張法),

일본의 마리에며 미조구찌 교수며

그래 이제는

몽골과도 함께 간다

고구려ㅅ 길을.

아,

이 길은 길이 아닌

마음이니 간다

아시아의 옛 마음.

대륙과 해양이 만나는 시대,

오는 시절, 오는 역사의 드높고

날카로운 예감이기에

간다

바이칼의
저 푸르른 환상에서도 보았고
쌔하얀 천산에서 돌이 된 황궁씨(黃穹氏) 그분
그분의 붉은 맹세, 푸른 신화에서도
화안히 보았던
다물!
다물이여!
영토가 아닌, 영토가 아닌
마음이요 몸이며 아시아길래
간다

가서
나
조용히
듣조리라
시베리아 허공에
홀로 외치던 수만년 전 신의 소리

율려의 새 소리
새 얼굴 만나러 이제야 간다

내
너에게 간다
차라리 몸 아픈 늙음이기에
고구려,
아아
내 마음의 깊고 깊은 흰 그늘이여
고구려ㅅ 길
간다.

* 중국은 동북 아시아의 고대사를 왜곡하여 수천년 전 만주 일대 및 한반
도 주민들과 그 땅을 역사 속에서나마 자신들의 국가로 묶어두려는 이
른바 '동북공정' 사업을 노골화했다. 이는 역사전쟁의 시작이다. 이 신
년시 '고구려ㅅ길'도 이 같은 맥락에서 우리 역사를 지키는 일이 얼마
나 지난하고 통시대적 상상력으로 무장돼야 하는 일인지를 되새겼다.
시 제목 '고구려ㅅ길'은 '고구려의 길'이란 뜻이다. '오녀산성'은 고구
려 주몽이 정착한 첫 도읍지, '홍안령'과 '아무르'는 북만주에 있는 산
맥과 강, '황궁씨'는 창조주였던 마고 할머니의 맏손주, '다물'은 옛땅
을 회복한다는 뜻의 고구려 말, '율려'는 창세기에 조화의 원리가 전개
되는 순수한 원초의 리듬을 뜻한다

비녀산 언저리

그땐
갈잎이
강물을 결정했다.

강물은 또 마을을 규정했고

모조리 기어나온
초등학교 출신들
총천연색 석화(石花)에 홀딱 반해

〈비겁한 자야 갈려면 가라!〉

악에 악을 쓰며
대삶에선 창을 찍었다.
웬 배추냄새 펄펄 나는 사회주의 하나
엇가는 혁명의 굽이굽이
몇 마당만은 공교롭게도 잉아 걸어
나 태어난 연동 비녀산 언저리로

오고 또 오고 또 밀려서 왔다
흔히 봉사가 새를 잡고
문둥이가 온몸을 폈으니까
그러니까 그것으로

그만
끝이었다.

검은 순사들
밤낮없이 소문 속에서
흰 등대에 상륙하고

그 뒤로 강물은
둔치가 결정했다

머언 부두의
컨테이너 화물선
대형 수송기

고속화물의 차량들이
규정한다
마을의 모든 것을.

강물은 메워져
대불공단이 되었고

불알친구 행식이는
거기서
갈잎이란 이름의 조그마한
호프집을 경영한다.

갈잎이여
낮에도 촛불을 켜라

새내기들 가득가득
거기 새로운 녹색의 솟대가 솟고
검은 등대 밤낮없이
흰 순사들 자꾸만 상륙하는

기이한,
기이한,
비녀산 뒤 달맞이 샘물 같은 꿈을 꾸며
전설이 돌아다니고
갈잎은 강물을, 강물은 마을을,
샘물은 드디어 옹달에서부터
새 꿈 꾸기 시작했으니
새 꿈 꾸기 시작했으니.

낙산 비탈

아직은
이조적
성벽마저 뚜렷한

우중충한 식민지를
두 손 주머니에 깊이 찌른 채

낙산(駱山) 아래로
내리며
내리며

옛 임화(林和)
강그라지는 기침 끝에 새빨간
피가래 함께 곁에 선 지하련(池河蓮)에게
숨차 뇌인다

'초극(超克)은 이미
지난 시대의 유물'

그 뒤
사십여년 지난
어느 추운 날

연탄재 범벅의 지그재그 비탈길
오르며
오르며
준(駿)에게 쿨룩거리며 내 한마디

"초극은 아직 멀었어
사회주의 통과 안한 초극은
판도라의 상자야."

준이는 월북해 없고
사회주의도 초극도
이젠 자취 없다

시퍼런 하늘 아래
허름한 흙집 하나

흰 회벽 위에 누군가 갈겨쓴 단 한마디

'꿈☆은 이루어진다.'

미래 근처에도
아직
초극은 없다

다만 희미한 한 구절 어쩌다 공기중에 남아 떠서 기침하듯 한숨
쉬듯 잠깐잠깐 번진다.

'동지는 간 곳 없고
깃발만 나부껴'

시뻘건,
또 임화다. 그러나 아니다.

지하련의 사회주의
지하련의 초극,

'꿈☆은 이루어진다'로 새로 난
지하련의 개벽.

'엇'이란 이름의
저 지하련의
지하련의 저
궁궁

그뿐.

사자암

남계천(南啓天)이
해월(海月) 선생께 묻는다

'후천 후천 하는데
그놈의 후천개벽은
언제 옵니까?'

선생
왈

'만국의 병마가 다 이 땅에 왔다가
만국의 병마가 다 이 땅을 떠날 때'

남계천이 또 묻는다

'개벽 개벽 하는데
그놈의 후천개벽은
언제 됩니까?'

선생

왈

'장바닥에 비단이 깔릴 때

장바닥에 비단이 깔릴 때'

그때

남계천의 머릿속에서

그 옛 천시(天市)의 별자리가 새파랗게 타고

신시(神市)의 산못물들이 바알갛게

비쳐 울었더란다

지금

날씨 흐리고

눈앞도 희미한데

사자암(獅子庵) 입구

군부대 철조망을 가로세로 친

작은 길 위에 엎드려

원불교의 박형과
YMCA의 류형과 함께

소주를 붓고
북어 안주 퍼놓고

이배 반(二拜 半).

돌아오는 길
차에서
한마디

'어찌 이제 와 남도론(南道論)이 없겠소?
개벽은 남도론부터가 아닐까?'

남도론!

그렇다

우리 광화(光華)의 옛 남학(南學)을 잃고
잊었으니, 탐라 방성칠(房星七)이 말고는
그 빛이 곧 학명산천(鶴鳴山川)의
사자암에 잠시 와 있었으리라

그 서쪽에서
한밤
부안으로부터

징소리 꽹과리소리
북이며 장고소리 날라리소리

옛 동학처럼 옛 동학처럼
반핵의 깃발
생명과 평화의 물결 물결 물결

오고 있는 거기
초겨울의 한날

남쪽 별자리 원만해야만

그때 비로소

북두칠성이 자리를 옮기는구나.

제3부

화엄

작은 꽃 속에
큰 하늘이 피어 있어
법(法)이라 한다
네 작은 담론 안에
우주가 요동하는 것
사랑이다

깊은
죽음.

원형

애당초 나는 그것을
'태극(太極) 또는 궁궁(弓弓)'이라 불렀다

한 소년이 문득
'엇'
하고 외쳤다.

곁에 있던 젊은 부인 하나가
'카오스모스'라고 은근히
속삭였다

이 근처일까?
새 삶의
원형이 계시되는 곳.

아
그 어여쁜 유월 어느날.

혼례

굽이굽이 굽이치는
리비도 검은 옛 등걸 위에
문득 홀로 피어 눈에 시린
아우라여.
흰 한매(寒梅)
한 송이.

체고

바람이 호랑이를 이끄니

호랑이가 도리어 바람을 탄다

동지부터 추운 날

구구 팔십일 붉은 점 하나씩 찍어간다

일력(日曆)인가

그리움인가

이제야 새뜬 매화장(梅花粧)인가

새카맣게 굽기 이전엔

흰 매화 추운 한 송이 눈 시린 사랑

아예 모른다는 건가

* 체고(體古): 화매오요(畵梅五要) 중 첫째. 몸이 늙고 굽어 오랜 풍상을
  겪은 듯해야 한다.

간괴

흰
눈 가득한 날
새카만
서대전역에 섰다

수배중
도피중

세상도 마음도
희고 검을 뿐

어디서 아슬아슬 들려오던
아코디언 소리
기관차처럼
우뚝 섰다

시간이 문득 멈춰섰다

희고

검을 뿐

아무것도 없다.

* 간괴(幹怪): 화매오요 중 둘째. 가는 것과 굵은 것이 뒤틀려 괴이한 모습이 있어야 한다.

지청

굽고 굽고
또 굽은

꺾이고 꺾이고
또 꺾인

검은 줄기들에 흰 꽃 한 송이

공주산성에서 저만치
곰나루 바라보며 생각한다

역사란 결국
누군가의
휘파람

그 밑에서 돌일을 하던
이름 없는
그 누군가의
보일 듯 말 듯

한 방울

눈물

그 티없이 맑고 맑음의
속.

* 지청(枝淸): 화매오요 중 셋째. 가지는 말쑥하게 빼어나야 한다.

소견

여리고
순하디순한,

죽은 그애들처럼
아무것도 가진 것 없는

뭔가 좀 안다는,
너나 나 같은 이들에게 끌려만 다니는

그래
그 촛불이 한밤중
광화문에
문득
스스로 켜질 때

그때를
그때의 눈부신
그 보드라움 두고
개벽이라 부를 것이다

아마도
애잎새일 적부터

눈자위 서늘한
그늘 내리기 직전부터.

* 소건(消健): 화매오요 중 넷째. 가지 끝부분은 강건하며 필세가 명확해
   야 한다.

화기

어제까지
밤이었어.

바뀌는 거라고
반대로 바뀔 것이니
내내 보라고
내 그랬지.

봐.
오늘은 대낮 열두시.

시위라 부르지도 마라
화살 같지도 않고
물살 같지도 않고
몸살 같지는 더욱 안 그렇고

낮 열두시 정각
기이한 꽃 한 송이
광화문 광장 한복판에

피어나지 않으면

검은 옛 등걸에 눈부시게 흰 꽃
눈보라 속에서 그것도
대낮 열두시
설화(雪花)처럼 섬뜩 피어나지 않으면

검은 몸 하얀 꽃
매화의 이념 아니라면

아마
밤이 낮 같겠지
낮이 밤 같겠지

뭔가
두 눈 부릅떴겠지

* 화기(花奇): 화매오요 중 다섯째. 꽃은 기이하고 아리따운 것이 좋다.

모심

찬 마음에
불 켜는 시간

사람들 만나는 시간, 뭇 삶들도 함께

찬 마음에
오소소한 미소가 머물 때

천천히 걸어서
당신이 오시던 길

모심

혁명을 모심.

생명의,
빈민의,
문화의,
아시아의

그 모심

아
살림!

새벽 난초

가려는가
눈 아리다

떠나려는가
온몸 저리다

아마도
오늘밤
깊은 시각에 홀로

홀로 일어나 앉아
그동안 버려두었던 것
일기를 쓰고

'잘못 살았다'

한마디 말 쓰고
이제 그만
접으려나 보다

도처에 눈들이 솟아나
내 지나간 날들
여기저기를
들여다본다

'진정 잘못 살았구나'

찬물 세수 마치고 나서 신새벽 마주해 앉아
천천히 붓을 든다

난초 한 잎
마지막인지
떤다

아하
뜻은 가는데 붓은 못 가는 건가?

아니면
그 반대인가?

세검정에서

백악(白岳) 근처를
귀신이 서성인다

눈
흰 눈

검은 나무들 사이사이 눈부신,
큰,

아
눈부신

부신 저 망자들의 흰 넋자리
영추문(迎秋門)에서

신무문(神武門) 돌아
자하문(紫霞門) 너머

피로 녹슨 서북쪽

옛 군사들 칼날 칼끝이 부딪쳐
눈물에 씻기는 소리
웬 통곡이

시퍼런 겨울하늘 끝에 가닿는다

시퍼런 개울얼음 속에서 불탄다

근대화 수퍼,
찻집 소설(小說),
소림사(少林寺) 벽절,
식당 석파랑(石坡廊)

백악 근처를 저렇게
귀신이 서성인다

청운(靑雲)에서 나는 그만
차를 내려버린다

거기
사립(沙笠) 그늘의 기인긴 대금소리

인왕(仁王)이 있고
송석원(松石園) 있고

아직도 흐르고 흐르는
흰
영천(靈泉)이
컴컴한 내 몸 안에
그대로 살아 있다

그렇다

이조실록엔 여전히 살아
정도전(鄭道傳) 곁엔 반드시
하륜(河崙)이 있고

도원(道原) 선생,

최창조(崔昌祚) 교수마저

세 강이 합수하는 저기 저

너르고 너른 벌판

파주 교하(坡州 交河) 쪽을 가리키고 있고.

삼소굴 1

아슬아슬하다

삼소굴(三笑窟)
흰 노을 비낀
어느날 하아얀 벽 위에

중세 유럽의
장미십자회 비밀회원들
수백 수천 수만의 이름들이
차례차례로 아로새겨진다

아슬아슬하다

아하,
중세 극복이
그리 수월칠 않았구나!

흰 벽 위에
지두로

내 이름 얼풋 쓰고 나서

밖에
붉은 산다화 아래 가
조용히 쭈그려 앉는다

아슬아슬하다.

삼소굴 2

흰
동그라미

법신불(法身佛)인가

마루 위에 우뚝

토담 새끼기와 넘어드는
넘어드는 능소화 울음소리

눈앞 스치는 노모의 얼굴

이번만

그 뒤엔
부디 그만 살고저.

삼소굴 5

누우면
찬 이마 북극성에 가닿고

일어나 앉으면
발끝에서 일곱별의 춤

아직
대웅전 뒤에 있다
북극전에 머물러 있다
님들!

신새벽
산사 향 하나
꽂고 나서

천천히 천천히
절을 내린다.

삼소굴 7

푸른 달
시뻘건 먼동

손 안에 움켜쥔 얼음
얼음 한 덩이 안에
한 사람의
눈

핏발선 눈
썼다 지우고 썼다간 지운
여순(麗順)의 옛 기억들의

눈
눈
눈,

아득한 옛 아우성의

눈,

푸른 달
시뻘건 먼동의

눈.

삼소굴 11

온갖 손가락
천지에 가득 차다
내 몸 안에 가득가득 찬 언어 속의
노을 스러지고
손끝마다 손끝마다

신
새밝.

삼소굴 12

빈 터에만 울리는
바람소리
바람소리에만 깃드는
그늘

혼자일 때만
혼자일 때만
하아얀

쌔하아얗게 빛바랜
흰
어두움
고독

'잘한다!'
'치워라!'
가득 메우는 저 소리 소리
추임새소리

빈 터에만
빈 터에만 울리는 저 숱한 사람들 소리
텅 빈
내 안에 들어오는 것
첫 어여쁨,

둥근.

삼소굴 13

잊지 않으면
죽음.

잊고자
어느날 문득 삼소굴에 와
앉다.

앉아
잊긴
잊었으나

아하
잊기로 이었구나.
저승생각,

또
죽음.

삼소굴 14

왼쪽엔

개울

오른쪽엔 샘

앞산 공(空)에 뒷산 색(色)의
그 한중간
풀어덩 위
혼자 앉았다

웃다

웃다

웃다

열세번인가 내처 웃어버렸으니

끝인가.

삼소굴 15

삼소굴
아궁이에

넋 타는 냄새 냄새

밤새도록
타고 타서
나뭇잎 되는 냄새
환생의 냄새

네 귀퉁이
모를 갈아
둥그래미 빚어내는 넋의

내 넋 깊은 곳의

아아
신새벽의
한 냄새

연화경(燃火經) 타는 냄새.

솟대

나이 탓인가

옛
솟대 섰던 자리를
이제는
알 것 같다

그러매
지구는 끝내
끝나지 않을 것임도
또한 알겠다

늙어서인가

허나
여전히 모를 것은
나

내 마음 이리 못 믿는 것

그것

광주 변두리 불빛 없는 한 갯가
극락강 근처에서
가깝던 벗 한 사람
심한 말다툼 뒤에 그여이
감옥으로 떠나보내고
한밤중 가슴을 치며 가슴을 치며
탄식했던 그 자리

그 마음자리에

아
거기 이제
오늘밤

솟대 하나 세운다
반석 하나 놓는다

환갑도 훨씬 지난
이 나이에

나이 들어서
늙어서
세월 가고 또 가서

고향 가까운
바로
여기에.

생명과 평화의 길

갑신년
사월 십구일
새벽 일곱시

병원을 나선다
비 내리는 텅 빈 거리에

저기
삼십여년 전 사월 십구일이
고구려 벽화처럼 극채색으로
다가온다

극채색,
어쩌면 돈황(敦煌)인지도 모를
집안(集安)이나 환인(桓仁)인지도 모를

삼십여년 전
사월 십구일 아침에 멀리서 바라본
그 극채색의 혁명

나는 그때
거기 없었다

그러므로 나는 언제나
거기 있었고
거기 극채색으로 살아 있었고

병원 문을 나서면
비 내리는 텅 빈 거리에 언제나
다가오는 고구려 벽화 같은
극채색으로 살아 있었고

아아
알겠다
이제야 그 혁명의 빛깔이
고구려 벽화의
극채색인 까닭을 알겠다

아젠다도 지도이념도 없는
갓 피어난 라일락처럼 수줍기만 했던
그 혁명 안에

씨앗이야 없는 게 없었고
꽃이야 모든 것이 다 피어 있었음을,

이념은 숨어 있고
행동만 드러난 채

반동이 오면 또 싸우고
싸우며 찾는 고구려

아아

극채색의 혁명이여
사월 십구일의
우리 고구려

그날 이후
우리는
내내

생명과 평화의 길이었다.

노을엔

노을엔
나를
똑바로 보지 마라

노을엔
내 얼굴에
옛 끔찍한 시절
살아난다 하니
되살아난다 하니

노을엔
차라리
길고 긴 내 그림자 닿는 저쪽

베트남 쌀국숫집
뒷벽에 붙은
포스터
그 언저리나 보아라

내 십년은
한 문명사의 굽이,
이제 육십사년이나 흘러갔으니
여섯 하고도 또 하나의 역사가
흘러가는 굽이

내 마음의 시간과는
너무나 다른
끔찍한 끔찍한 저주

스스로 솟구쳐오를
힘 아직 없으니

어허
아직은 역사
역사란 굴레를
못 벗어나는 내 마음의 역사

베트남 포스터마저

노을엔
옛, 옛, 옛
전쟁의 끔찍한 시절의 역사

저주들
살아나고 있으니

저주들
되살아나고 있으니

노을엔 아예
날 쳐다볼 생각조차 말아라.

서해바다 위에서

백두산
천지를
난 아직 못 보았다

백두산
천문봉 위에서
가득 찬 안개만 보고 왔다

안개 속에서
길림성 부성장 일행만 보고

안개 속에서
외로운 사백력(斯白力) 변화의 신의 기인 밤바람소리만 듣고
왔다

서해바다 위
비행기 속에서
한번 생각했다

천지를 가리운
안개는
중국

그렇다
동북공정

그러나
동북공정 속에서마저

기인 밤바람이
외로운 변화의 신의 바람이
외치고 외치지 않았던가

저 깊은 안개 속에서도
시뻘건 불꽃 하나
진리의 불광(佛光)이 밤새워 밤새워
타오르지 않았던가

우리는
가야 한다

세계의 역사
그 끝으로
새 처음을 열기 위해 그 끝으로

가고
또 가야 한다

삼태극(三太極)의 춤의 길
태극과 궁궁의 길
원형(原型)의 길
그 길에서

아아
어느날 문득
천지 보리라.

대전(大戰)의 기억

아직도
우는가

카미까제 누우렇게 빛바랜 사진들에, 히틀러 유겐트의 낡은 비
행복차림들에 눈물짓는가

오류는 만월처럼 그득하고
태양은 물 한방울처럼 멀고 아득하다

아직도
개물적(個物的) 일반(一般)에 미치고
그저도
죽음의 미학에 환장하고
사모치는가

그것은
논리가 아닌 감상

오오 계절이여

오오 성채여

웃기 잘하는 한 청년의 하이꾸 속의 죽음이여

시절이 이제 바야흐로
디지털 에코로 살풋 넘어가고
에코 디지털로 널름
성큼 들어선다

이상하지 않은가
논리의 이 두 얼굴
지금
여기서
그것이……

아주까리 꽃그늘

아주까리 꽃그늘이
흔들리는 섬 속에

플라타너스
짙은 잎새들
흔들리는 울적한 울적한
여름 일산의 흔들리는

한
이비인후과 병원의 로비
꽉 막힌 귓속에

하모니카 슬픈 곡조
울리던 님아
님아

눈앞을 떠나던
키크고 울적한
그 님

찌르는 날카로운 단
한마디,

'아주까리는 꽃이 아니라
비행기 기름이다.'

기억난다

일본에 갈 때마다
일본우경화, 자위대소동
야스꾸니 진자, 교과서 소동
일어날 때마다
그때마다

꽉 막힌
귓속에 일어나는

전쟁의 폭음

카미까제 그 앳된 얼굴들

우울한
우울한

한
전쟁 다큐멘터리
흑백 영화

아주까리 꽃그늘이
흔들리는 섬 속에

아

누군가
있다

허름하고 검은 얼굴
곁에는

한 여인.

보이기 시작한다

누굴까?

고리

탈굿은
동그라미

시나위마저 동그라미

혹도(黑濤)를 타고

세 바다를 뗏목으로
돌고 돌아온 윤교수의
동아시아론 역시 동그라미

고릿속〔環中〕의 동아지중해
한밤중 동그란 어둠속에 앉아
두 눈 부릅뜨고
장자(莊子)를 묵선(默禪)한다.

사까이(版井)의,
채희완(蔡熙完)의,
천부경(天符經)의,

시퍼런 옛 뼈들의 인광(燐光)의
비밀이여
동그라미 동그라미

고리〔環〕,
아
천시(天市)의 별자리.

아무에게도

아무에게도
이 말만은 하지 말아라

꼭두새벽
딱 이십분

네 왼눈 안에 일본 쿄오또의
미륵반가사유상이 떠

눈뜬 채
잠잔다는 것 아무에게도

지리산 높은 데 노고단에서
현해탄 쪽 바라보던 날

도리어 유쾌했던 것은 그것은
우리 안에 열린 바로 그 왼눈
그 왼눈 안에 일본 쿄오또의
미륵반가사유상

눈뜨는 이십분이 있어

앞날이
도리어 유쾌했던 것 그것

부디
말하지 마라 아무에게도
아무에게도 아직은
부디

백년 전에는 혹시들
개벽이라고도 불렀던 왼눈의 그것
이십분이다
바로 그것

부디
말하지 마라
아직은 멀었으니 부디부디
말하지 마라.

조심

차를 타고
길을 갈 때

나는 항상
조금 떠 있다

가면서 좌우의
간판을 보는 게 일이다

간판이란 게 본디
사실보다는 조금
위로 뜨는 게 아닌가

내용도 그렇지만
글씨도 조금은
떠 있다

길에서
한 가지를

느을
배운다

삶은,
살아 있음은
있음보다
조금

비록 조금이지만
떠 있다는 것

떠 있어

삶은
느을
조심해야 한다는 것.

그래야
산다는 것,

조심조심해야만.

중국, 일본, 러시아
그리고 아메리카의 사잇길에서
민족도
그래야 한다는 것

조심

또 조심!

간담은 크게!

마음은 작게!

이름

내가
누군가
참으로 사랑할 때는

바람이 불었다

하늬
그애 이름.

내가
누군가 속으로
깊이깊이 미워할 때는
하늘마저 시퍼렜다

그 이름도
하늘.

동성동본?

기억난다

한 아우가
제 자식 넷을 차례로

누리
겨레
나리
달래

그리 부를 때
그리 부르지 말라고 술취해
욕하던 내 이마 위에 그리도 숫스런
뿔이 돋쳤으니

무소뿔

내 이름이

뿔.

그 뒤로는 내내
늪에서 산다

이리.

절두산 근처

요설은
수이 배워도
침묵은 익히기 힘이 드는 것

허무와 죽음에
스스러워지긴 쉬워도

단 하나
고리 속의 무궁

한 사건의 끝과 처음에
삶을 결단하긴 참말 어려워

오늘 새벽
비 내리는 강변북로 지나며

기인긴 감옥 그 어둠속에서 내내
흰 뼈의 탑처럼 눈부시던
아, 거기 나의 매골모루

절두산은
이제
어디에도 없다

그 옛날 피의 자리
대건(大建)과 옥균(玉均)의
매골모루
나의 매골모루

이젠 당인리 빗물펌프장 옆에
낯선 교회 하나 덜커덕 서 있을 뿐

입엔 반딧불이 그림부채
두 손엔 반딧불이 초롱 들고

죽임 아래로
죽임 아래로
영혼 눕히러 가던 자리

없다

그래

이 가을
소슬하다.

* 매골모루: 이조때 대역죄인을 능지처참하여 경상, 전라, 함경, 평안 등
  국경의 매골모루에 토막을 나누어 각각 가져다 묻었다.

순환(循環)하고 연기(緣起)하는 생로병사

이은봉

많은 사람들이 오늘의 김지하를 가리켜 우주생명학자라고 부르고 있다. 얼마 전에 발표된 에세이 「생명 평화 선언」(2004. 8. 24)을 보면 최근의 김지하에게는 확실히 그러한 점이 없지 않다. 물론 김지하의 우주생명학은 기존의 생명론을 발전, 확장한 결과라고 파악된다. 하지만 이에 추진 로켓를 단 것은 연담(蓮潭) 이운규(李雲奎) 선생의 시구 "影動天心月"이 아닌가 싶다. '그늘이 우주를 바꾼다'라고 번역, 탐구되고 있는 이 시구를 중심으로 우주생명의 다양한 길을 모색하고 있는 것이 근래의 김지하라는 것이다.

'그늘이 우주를 바꾼다'라고 할 때의 '그늘'은 그동안 그가 줄곧 탐구해온 '흰 그늘'의 미학과 무관하지 않다. 흰 그늘이라고 할 때의 '그늘'은 양(陽)과 대비되는 음(陰)의 운기(運氣)로서 판소리 등 우리 민족의 전통예술에서 흔히 논의해온 한이나 설움, 슬픔과 아픔 등의 의미를 망라한다. 따라서 '흰 그늘'의 내포는 빛나는 그늘, 밝은 어둠, 환한 우울, 기쁜 슬픔, 희망의 절망, 즐거운 아픔 등 모순과 역설의 의미를 거느리지 않을 수 없다. 이처럼 모순어법, 역설어법에 의해 저 자신의 고유한 의미망을 확산해온 것이 '흰 그늘'의 미학이다. 말하자면 '흰 그늘'의 미학은 이 세상에 상존해온 일종의 비주류적 운기를 총체적으로 대표하고 있는 셈이다. 그의 시와 함께 하고 있는 이러한 뜻에서의 '흰 그늘'의 미학은 이미 필자가 상세히 고구(考究)한 바 있다.(「불연기연, 카오스모스, 흰 그늘」, 『시와사람』 2004 가을)

물론 김지하의 이 시집『유목과 은둔』이 이처럼 크고 심대한 문제만 노래하고 있는 것은 아니다. 크고 심대한 문제를 노래하고 있다고는 하더라도 구체적인 창작의 과정에서는 그도 역시 아주 작고 사소한 계기에서 시적 발상을 얻기 마련이다. 이와 관련하여 정작 중요하게 생각해야 할 것은 시인 김지하도 궁극적으로는 하나의 개인일 수밖에 없다는 점이다. 보통의 인간들과 마찬가지로 그도 또한 늙고, 병들고, 죽는, 그리하여 그것을 고뇌하고 두려워하며 나머지 생을 살아가는 소외된 존재라는 것이다. 물론 이때의 김지하가 좀더 새로워지기 위해 끊임없이 성찰하고 반성하는 늘 깨어 있는 존재이라는 것은 불문가지이다.

50여년을 내내
시를 써온 이 뒷날에야
느지막이 시의 뜻을 세운다

천지부모를 모신
나 또한

천지의 한 부모.

나로부터
사람들이 아직은
자유자연 지향이라 어설피 알고 있는

새,
풀잎과 나무,
구름과 물과 다람쥐들이

이제 새로이
태어나리라

아
푸르른 창조의 새벽
나 또한
다시 태어나리라

한 작가로,
꼭 자유자연만이 아닌
활동하는 무(無),
흰 그늘로

―「재진화」 부분

이 시에서도 알 수 있듯이 시인 김지하는 늘 새로이 "뜻을 세"우고, 늘 "새로이／태어나리라"고 자기다짐을 하고 있는 존재이다. 이처럼 항상 깨어 있는 존재이기는 하지만 그도 개인인 이상 생로병사(生老病死)라는 유기체의 순환과정에서 완전히 자유로울 수는 없다. 생로병사의 '생'과 관련하여 그는 그동안 매우 독특한 사상을 펼쳐왔다. 이때의 독특한 사상, 즉 생명사상은 모심, 곧 상생과 살림을 전제로 하거니와, 상생과 살림은 또한 상극과 죽임을 전제로 하지 않고서는 올바른 의미를 갖기 어렵다. 따라서 각각의 개인이 갖는 운기의 과정을 살펴보면 상생이나 살림, 그리고 상극이나 죽임에 못지않게 중요한 것이 노(老)와 병(病)이라고 하지 않을 수 없다.

생로병사는 석가모니 부처님이 출가 전에 가졌던 화두이다. 이 시집에 이르러서는 김지하 역시 그에 대한 깊은 탐구를 보여주고 있어 두루 관심을 끈다. 그가 자신의 화두를 생뿐만이 아니라 '노병사'에까지 확장하여 받아들이고 있는 것은 그 자체로 매우 소중한 일이라고 하지 않을 수 없다. 자신의 시를 통해 그가 "나는 언제나／반역의 사람"(「바람이 가는 방향」)이라고 노래하는 것도 다름 아닌 이러한 점에서 짐짓 주목이 된다. 그는 이 시의 이어지는 구절에서 "바람 없이는∥내 삶도 없다"라고까지 강조하고 있는 것이다. 물론 이때의 바람은 그가 추구하는 삶과 방향을 함께하지 않는다. 그와 함께하는 삶은 "바람과 같은 방향 아니"라 "바람에 맞부딪치는／역류의 길"이기 때문이다. '노병사'에 대한 탐구와 함께하는 생에 대한 탐구가 좀더 진지한 의미를 갖는 것은 이러한 그의 삶의 방향, 곧 역류의 길과도 무관하지 않다. 그렇다. 죽임이 전제

되지 않은 살림의 탐구가 그렇듯이 '노병사'와 짝하지 않는 생에 대한 탐구는 언제나 절름발이다.

생로병사 가운데 정작 짝을 이루며 상호순환하는 것은 생과 사이고 노와 병이다. 이들 중 처음과 끝을 이루며 맞물려 순환하는 것이 생과 사이고, 중심을 이루며 맞물려 순환하는 것이 노와 병이라는 뜻이다. 따라서 생과 마주하고 있는 사, 노와 마주하고 있는 병은 마주하고 있는 동시에 서로 껴안고 있다고 해야 옳다. 구조적으로 보면 생과 사가 노와 병을 둘러싸고 있는 가운데 상호 순환하는 형국을 지니고 있는 셈이다. 생로병사가 언제나 상호 뒤얽혀 순환하는 관계로 존재할 수밖에 없는 것도 다름 아닌 이에서 연유한다.

그동안 김지하가 죽임에 반하는 모심, 즉 살림과 상생으로서의 생명을 주로 노래해왔음은 이미 잘 알려져 있는 사실이다. 이 글에서는 직접적으로 생명을 노래하는 시가 아니라 '노병사'에 대한 사유와 의식을 드러내고 있는 시를 중점적으로 살펴보고자 한다.

이 시집 『유목과 은둔』에는 시인 김지하의 구체적인 삶의 면면을 짐작할 수 있는 구절들이 적잖이 등장한다. 시집을 읽다 보면 그가 이미 오래 전부터 이런저런 병을 앓아왔다는 것부터 확인할 수 있다. 먼저 그가 "동대문/이대병원" "외래"(「전신두뇌설 근처에서」)에 다니며 "정신신경과"의 치료를 받고 있다는 것을 알게 된다. 한편으로는 "좌골신경통"을 앓아 수시로 "중국 연길에서 사온/호랑이 고약 파스를 붙"(「ANA」)이고 있다. 이 좌골신경통을 치료하기 위해 거의 매일 그는 아내와 "함께 뜸뜨러 여의도"(「선풍기 근처에」)에 나다니기도 한다. 병에 대한 언급은 이밖의 시를 통해서도 확인이 되는데,「명천」「생명과 평화의 길」「아주까리 꽃그늘」
「예순넷」등이 그 구체적인 예이다. 이처럼 온갖 병에 시달리면서
조금은 쓸쓸하고 허전한 삶을 살고 있는 것이 요즈음의 그이다.

이제
어디라도
고즈넉한 곳에 가
깃들이리

비 맞은 새모냥 빗방울
털고 털면서
서 있으리

남녘으로부터 불어오는
바람 한 오리 선뜻
내게 와

옛 연인의 지금 주름살
하나 둘
셋 넷
헤이는 소리 듣고 살으리

나
이제 아무것도 아니고

즐거워 사는 것도 아니매

꼭
이렇게 말하리

'삶은 그냥 오지 않고
허전함으로부터만 온다'고.

—「삶」 전문

이 시에서 그가 깨닫는 가장 중요한 것은 "'삶은 그냥 오지 않고
/허전함으로부터만 온다'"는 점이다. 물론 여기서 말하는 '허전
함'이라는 단어는 개념의 폭과 깊이가 충분하지 않은 일상의 평범
한 용어라고 해야 옳다. 하지만 이 시에 함유된 허전함에 대한 자
각은 곧바로 허무에 대한 자각을 가리킨다고 해도 크게 지나치지
않아 보인다. 오늘의 김지하는 허무에 대한 자각으로부터 시를 발
상하고 있는 것이다. 이러한 자각은 또다른 시의 "헛된 희망/덧없
는 흐름 위에/마음을 띄워/하나/둘//허무 속에서 끝나간다"(「2004
년 여름 서울」)와 같은 구절에서도 충분히 확인이 된다.

이러한 심리적 상황, 다시 말해 허무에 골몰해 있다는 것은 그가
이미 늙고, 병들고, 죽을 수밖에 없는 자아의 운기에 깊이 처해 있
음을 말해준다. 질병에 시달린다는 것은 늙어가는 것의 실질적인
증거일 수밖에 없다. 따라서 투병의 날들은 언제나 인간의 마음을
쓸쓸하게 하기 마련이다. 한때는 민주화운동과 예술운동의 사상
적 거점으로 존재하던 그도 이제는 늙고 병들 수밖에 없는 나이에

이르게 된 것이다. 물론 그가 자신을 괴롭히는 이런저런 질병에 대해 전적으로 부정적인 태도를 보이는 것은 아니다. "나는/병원이 좋다/조금은" 하고 노래하는가 하면, "나는 역시/'움직이는 종합병원'이던가'"(「병원」) 하고 노래하기 때문이다.

이로 미루어 보더라도 그가 그동안 질병의 고통을 잘 감내해왔다는 것을 알 수 있다. 하지만 아무리 질병과 친숙해졌다고 하더라도 그의 나날의 일상이 마냥 즐거웠을 리는 만무하다. 이제는 그도 이미 늙어가고 있다는 것을 실감하지 않을 수 없는, 이순을 훨씬 넘긴 나이에 이르렀음을 잊어서는 안된다. 비유적으로 말하면 지금 그는 "풀잎으로부터는 아득히 멀고/꽃은 더욱 그러한"(「오늘」) 세월을 살고 있는 셈이다. 그렇다. 그는 지금 "나이가 들면서 거꾸로 우아하고 건강하고 아름다운 것을 더 좋아하게 되었다"(「귀향」)라고 노래한다. 물론 그도 한스 아르프처럼 "젊었을 땐 추하고 병든 것을 지극히 사랑했"을 것이 분명하다. "방랑과 감옥과 행동의 날들//증오와 격정과 비탄의 날들//또/알코올과 색정의 그 숱한 밤들, 새벽들"의 시간을 보낸 것이 젊은날의 그였다. 하지만 이제는 "아무것도 없고//외로움밖에 없고//후회할 일밖에 없으니//참/개똥같은 인생이다"(「김지하 옛주소」)라는 데서 보듯 참혹한 심정으로 자신의 삶을 되돌아보고 있는 것이다.

하이얀 외길/하이얀 하늘/예순넷에 처음으로/이도백하(二道白河)로부터 끝도 없는/천지 가는 길

―「천지 가는 길」 부분

예순넷/이 나이에/선뜻/고향에 못 가는 것은/기억 때문이다
                                        —「예순넷」 부분

　예순을 넘긴 나이에 대한 그의 이러한 언급들은 점차 늙어가고
있는 현존의 자아와 관련한 깊은 반성적 성찰을 토대로 한다. 이
러한 마음을 지닌 그가 지나온 삶과 관련하여 이런저런 회한에 잠
기는 것은 충분히 있을 수 있는 일이다. 그가 새벽에 "홀로 일어나
앉아/그동안 버려두었던 것/일기를 쓰고//'잘못 살았다'//한마디
말 쓰고"(「새벽 난초」)라고 노래하고 있는 것도 실제로는 이러한 회
한 때문으로 보인다. 이러한 점에서 보면 병에서 비롯하는 허무만
큼이나 노에서 비롯하는 허무도 최근의 그의 마음을 사로잡고 있
는 매우 중요한 화두라고 해야 마땅하다. 병에 대한 반성적 성찰
만큼이나 노(老)에 대한 반성적 성찰도 이 시집의 중요한 내용을
이루고 있다는 뜻이다.
　물론 이 시집에 노와 관련된 회한을 담고 있는 시들이 이러한 정
도에 그치는 것은 아니다. "아/늙는다는 것" 하고 탄식하고 있는
「위안」, "늙어서인가//허나/여전히 모를 것은/나"라고 반추하고
있는 「솟대」 등을 더 찾아볼 수 있기 때문이다. 노에 따른 회한의
정서는 또다른 시 「오늘」을 통해서도 드러나는데, "늙어가는 길/
외로움과 회한이/가장 큰 병이라는데"와 같은 구절이 그 구체적인
예이다. 이에 따르면 무엇보다 그가 "늙어가는 길", 곧 "외로움과
회한"을 이내 "큰 병"으로 여기고 있다는 것을 알게 된다. 그가
"내 나이 예순넷./이제 보니/환갑이 훨씬 지난 늙은이였구나./'제
길헐!/이제 막 시작인데……'"(「귀향」)라고 탄식하고 있는 것도 기

본적으로는 이 때문이다.

노를 병으로 받아들이고는 있지만 그가 언제나 외로움과 회한에 젖어 살아가는 것은 아니다. 아직은 미래를 향한 꿈을 포기하지 않았다는 것인데, 이는 우선 그의 시의 "내일 들로 가리라" "빈 하늘 환영에게/꿈을 배우리라"(「2004년 여름 서울」)와 같은 구절에 의해 증명된다. 자조적인 면이 없지는 않지만 "내 삶/이제 늙었으나/낡지는 않았구나"(「관악산」)라고 하여 여전히 자기다짐을 보여주는 것이 김지하라는 뜻이다. 그렇다고 하여 그가 노와 병을 껴안고 사는 것이 죽음을 사는 것이라는 점을 인식하지 못하는 것은 아니다. 유한성이라는 원죄를 타고난 것이 인간인만큼 언제나 사는 것은 곧 죽는 것이 되기 마련이다. 죽음을 잉태하고 있는 것이 본래의 생명이거니와, 바로 그렇게 때문에 삶의 길은 죽음의 길이 되는 법이다.

가자
몸 성할 때 가자

가
조용히
엎드리자

엎드려 귀를 크게 열고
바람소리 속에서 죽음을 기다리자

네 시간 일하고

열 시간 잠자고.

—「흙집」부분

이 시에서 김지하는 "몸 성할 때 가자//조용히 엎드"려 "바람소리 속에서 죽음을 기다리자"라고 곱씹고 있다. 하지만 이를 어서, 서둘러, 급하게 '죽음'으로 가자는 뜻으로 받아들일 필요까지는 없다. 궁극적으로 죽을 때까지 "귀를 크게 열고", 즉 세계와 큰 갈등 없이, 하루에 "네 시간 일하고/열 시간 잠자"는 가운데 천천히 게으르게 살자는 뜻을 담고 있고 있기 때문이다. 그렇다고는 하더라도 이 시의 내용이 죽음의 문제와 깊이 연결되어 있다는 것은 매우 의미심장하다고 하지 않을 수 없다. 지난 1980년대 이후 "입만 열면/생명을 말"(「오늘」)해온 것이 그라는 점을 간과해서는 안 된다.

물론 그의 시에 함유되어 있는 '죽음' 역시 '생명'과 맞물리는 가운데 상호 순환하는 불이(不二)의 관계를 보여주는 것은 사실이다. 구체적으로 탐구되는 과정에서는 생의 뒤를 이어 노와 병의 결과로 드러나는 소멸의 내포를 갖는 것이 대부분이기는 하지만 말이다. 말하자면 단지 죽음 그 자체에 대한 의문과 자각만이 아니라 노와 병을 포함하는 생과 사 일반에 대한 의문과 자각을 바탕으로 하는 것이 그의 시에 내포된 죽음이라는 것이다. 그의 시에 드러나 있는 죽음은 이처럼 막연하고 추상적인 관념으로부터 훌쩍 벗어나 있는 것이 사실이다. 이순을 넘긴 나이의 그가 나날의 일상에서 부딪는 노와 병의 실제로부터 구체적으로 유추해낸 것이 예의 죽음이라는 것이다.

시 짓고
그림 그리고

가끔은
후배들 놀러와

고담준론도 질펀하게
아아
무엇이 아쉬우랴만

문득 깨닫는다

죽음의 날이 사뭇 가깝다는 것.

—「김지하 현주소」 전문

이 시에서도 알 수 있듯이 죽음에 대한 그의 의식과 사유는 기본
적으로 나날의 삶을 소멸의 과정으로 파악하는 실존적 고뇌와 두
려움과 함께 하고 있다. 그가 보기에는 일상의 나날이 죽음의 한
과정으로 존재하고 있는 셈이다. 항용 그가 실존적 고뇌와 두려움
에 빠지는 것도 이 때문이다. 옥따비오 빠스도 지적하고 있는 것
처럼 "죽음은 삶 속에 현존"하는 것이고, 따라서 매순간 "죽으면
서 사는 것이" 인간의 역사라고 해야 마땅하다. 나날의 역사에서
"산다는 것이 죽는다는 것이" 되는 것도 어쩌면 이와 무관하지 않

다. "죽어가는 매순간을 살"아가는 것이 인간의 현존인 것이다.(옥타비오 파스 『활과 리라』, 솔 출판사 1998, 194~204면) 시인 김지하가 자신의 에세이 「생명 평화 선언」에서 "생명은 삶과 죽음을 다 포함하는 우주적 순환, 관계, 다양이"라고 말하고 있는 것도 기본적으로는 이러한 인식의 결과라고 할 수 있다.

죽음을 매개로 하여 김지하의 시세계를 이해하다 보면 김수영(金洙暎)의 시세계를 떠올리지 않을 수 없다. 본래 김수영의 시정신에 대한 강한 극복의지로부터 출발한 것이 김지하의 시정신이기 때문이다. 김수영의 시정신에 대한 그의 극복의지는 널리 알려져 있는 에세이 「풍자냐 자살이냐」(『시인』 1970년 6·7월)에서 가장 먼저 구체화된 바 있다. 이 글의 주요 내용은 김수영의 시세계가 갖는 의미와 한계를 비판하고, 그 극복의지를 가다듬는 데 바쳐지고 있다고 해도 지나치지 않다. 그렇다. 김지하의 다양한 사상적 모색에는 김수영의 시정신을 뛰어넘기 위한 은근한 노력이 도사려 있는 것이 사실이다.

김지하가 김수영의 시세계를 긍정적으로만 평가하지 못한 것은 그의 등단과정과도 관련 있는 듯싶다. 그의 시단 진출이 일차 좌절된 것은 김수영의 부정적 평가와도 무관하지 않다는 것이 통설이다. 조동일(趙東一)에 의해 1966년 신인투고 형식으로 『창작과비평』의 백낙청(白樂晴)에게 건네진 「황톳길」 「육십령」 등 김지하의 시 6편이 검토를 맡은 김수영에 의해 '인민군 노래 같다'라는 이유로 반려된 바 있기 때문이다.(강웅식 「'한'의 폭력에서 '흰 그늘'의 생성으로」, 『서정시학』 2004 가을) 그렇기는 하지만 이들의 관계가 단지 이러한 사적인 차원에만 머물러 있는 것으로 보이지는 않는다. 김지하가 그동안 추구해온 시정신이 김수영의 그것에 비해 너무도 많이 다르다는 것이 이를 잘 말해준다.

김수영이 자신의 시를 통해 추구한 세계는 대강 근대적응과 근대완성에 있다고 판단된다. 탈근대적인 요소가 아주 없지는 않지만 김수영의 시정신은 이처럼 자본주의라는 역사의 한 시기 안에 자리해 있는 것이 분명하다. 이는 김수영이 자신의 시를 통해 의식하고 사유해온 근대적응과 근대완성이 서구적 의미에서의 자본주의 경제체제와 의회민주주의 정치체제를 골간으로 하고 있다는 뜻이기도 하다. 김수영이 자신의 시를 통해 추구해온 유토피아가 그만큼 합리적이고 이성적인 범주 안에 자리해 있다는 것인데, 이는 또한 그의 상상력이 그만큼 갇혀 있다는 것이 되기도 한다.

김지하의 상상력은 김수영의 그것에 비해 애초부터 훨씬 더 크고 거대하다고 해야 옳다. 출발부터 그가 자신의 시정신의 목표를 근대극복, 나아가 근대 밖의 세계에 새로운 피안을 건설하려는 데 두고 있었다는 점을 기억할 필요가 있다. 김지하가 시작(詩作)의 초기부터 민족형식의 이월가치를 재창조하는 동시에 민중적 정서와 열망을 담아내려고 한 것도 이러한 시정신의 발현이라고 해야 마땅하다. 근대극복과 관련하여 줄기차게 탐구해온 그의 이러한 노력은 궁극적으로 동도동기(東道東器) 혹은 동도동기(同道同器)로 상징되는 세계사적 비전과 함께 하고 있다는 점에서도 주의를 요한다. 이를테면 한국사회가 처해 있는 현실을 서양의 '새로운 정신'이 아니라 동양의 '낡은 정신'을 통해 극복하려고 노력해온 것이 그라는 것이다. 이때의 '낡은 정신'은 물론 오늘날 너무도 새로운 정신, 즉 우주생태학에 이르러 있지만 말이다.

근대적응 및 근대완성과 관련하여 김수영이 탐구해온 시정신의 요체는 '죽음'이라고 할 수 있다. '죽음'이라는 통과과정을 매개로 하여 초월과 새로움, 자유와 사랑의 세계로 나아가려 한 것이 김수영 시정신의 핵심내용인 것이다.(이은봉 「김수영의 시와 죽음」, 『실사구시의 시학』 새미 1994) 따라서 김수영이 추구해온 죽음의 화두를 명확히 알게 되면 자연스럽게 김지하가 추구해온 생명의 화두도 명확히 알게 된다. 김지하의 생명의식에는 김수영의 죽음의식을 넘어서기 위한 그 나름의 뜨거운 열정이 잠재해 있기 때문이다.

이렇게 보면 김지하가 이 시집에서 죽음의 화두를 들고 나온 것은 참으로 놀라운 일이라고 하지 않을 수 없다. 이때의 '사'가 생과 함께 하는 노와 병의 과정을 거느리고 있다고 하더라도 그 점은 마찬가지이다. 더욱 놀라운 것은 '죽음'이 김지하가 그처럼 극복하고자 애써온 김수영의 화두이기도 하다는 점이다. 여러가지 면에서 김지하가 자신의 시를 통해 죽음을 탐구하고 있는 것은 매우 의미심장한 일이라고 해야 마땅하다. 죽음과 짝을 이루지 않는 생명에 대한 탐구는 반쪽일 수밖에 없다는 점을 잊어서는 안된다.

물론 김지하가 자신의 시에서 죽음을 생명과 대립되는 가치로 노래하고 있는 것은 아니다. 그의 견해에 따르면 생명과 대립되는 가치는 '죽음'이 아니라 '죽임'이다. 정작 죽임과 대척되는 가치는 살림이거니와, 그렇다면 생명은 '모심', 즉 살림이나 상생의 가치와 동궤(同軌)를 이루는 것이라고 해야 옳다. 모심, 즉 살림이나 상생의 가치를 생명운동의 현장에서 구체적으로 실천하고자 하는 것이 그이다. 「생명 평화 선언」에 따르면 결코 "생명은 죽음과 대립하지 않는다". 활동하는 무(無)의 깨어 있는 실제로서 생과 사의

바른 순환을 꿈꾸고 있는 것이 그라는 뜻이다.

따라서 죽음은 일상의 도처에서 순간순간 마주칠 수밖에 없는 삶의 일부라고 하지 않을 수 없다. 김지하가 "죽음이 선풍기 근처에 와/빼꼼이 날 쳐다보고 있다"(「선풍기 근처에」)라고 노래하고 있는 것도 이러한 맥락에서의 깨달음이라고 생각된다. 이처럼 나날의 일상을 소멸의 과정으로 받아들이는 것이 그의 시에 드러나는 죽음에 대한 의식과 사유의 실제라고 할 수 있다. 김지하의 죽음에 대한 사유와 의식은 이처럼 김수영의 그것이 지닌 관념성으로부터 훌쩍 비켜서 있다는 점에서 주목된다.

죽음에 대한 그의 의식과 사유는 인간의 유한성에 대한 자각을 바탕으로 한다. 주지하다시피 씨앗을 떨어뜨려 자식이라는 독립된 개체를 남기고 이승의 밖으로 떠나는 것이 모든 생명체의 존재 법칙이다. 그러나 이러한 점을 잘 알고 있다고 하더라도 어머니의 자궁에서 미끄러지면서부터 고아의식이라는 근원적 결핍감을 지닐 수밖에 없는 것이 인간의 현존적 자아이다. 이러한 근원적 결핍감은 때로 신성(神聖)의 황홀이나 시의 백열(白熱)을 가능케 하는 원동력이 되기도 한다는 점에서, 인간의 본질적인 조건으로 자리한다. 신성의 황홀이나 시의 백열은 그 안에 생명과 죽음이 상호 공존한다는 점에서 유한한 존재로서 모든 인간이 겪게 되는 사랑의 체험과 다르지 않다.(옥타비오 파스, 앞의 책 194~204면)

사랑의 체험은 그 자체로 생명의 체험일 수밖에 없다. 따라서 생명 안에서는 언제나 상호 공존하는 것이 사랑과 죽음이기도 하다. 사랑과 죽음이 역설적 불이의 관계를 이루며 순환하는 것이 생명의 세계라는 것이다. "작은 꽃 속에/큰 하늘이 피어 있어/법(法)이

라 한다/네 작은 담론 안에/우주가 요동하는 것/사랑이다//깊은/
죽음"(「화엄」)이라고 하여 그가 법과 사랑과 죽음이 상호 연기하는
관계, 즉 일즉다(一卽多)의 관계에 있음을 밝히고 있는 것도 이러한
상상력의 결과라고 할 수 있다. 또다른 시에서 그가 "단 하나/고
리 속의 무궁"(「절두산 근처」)을 강조하는 것도 동일한 세계관의 산
물이라고 해야 마땅하다. 이는 그의 시의 "아파할 줄을/슬퍼할 줄
을//알아야만 한다는 것" "그것이 사랑이라는 것"(「사랑」) 등의 구
절을 통해서도 넉넉히 확인이 된다.

그러나 이러한 논의가 십분 설득력을 갖는다고 하더라도 인간
의 근원적인 결핍감은 때로 그 자체로 남게 되는 경우가 없지 않
다. 그렇게 되면 이는 실존적 고뇌나 두려움으로 현현되기 십상이
다. 신성의 황홀이나 시의 백열로 태어나지 못할 때 그것이 실존
적 고뇌나 두려움의 차원에 머물게 되는 것은 너무도 당연하다.
이러한 이유에서 그가 다음의 시를 통해 일체의 것을 죽음과 함께
하는 회한으로 받아들이고 있는 것인지도 모른다.

털털털 다 털고 나서
떠나도 되겠구나!
단 하나

막내놈
그림공부 밑천은 어떻게든
벌어놓고
그 뒤에

그 뒤에 전에 또 하나
어머님 모시고 난 그 뒤에 뒤에

아아
내 죽음에서
어느덧 피냄새 가셨구나

진리고 혁명이고 유토피아고

모두 다
허허허
강 건너 등불.

—「강 건너 등불」 부분

이 시에 드러난 죽음에 대한 의식과 사유는 하나의 생명체로서 그가 이 땅에 떨어뜨린 씨앗에 대한 깊은 책임감과 함께하고 있다는 점에서 특히 주목이 된다. "털털털 다 털고" 이승을 떠난 뒤 인간이 정작 이승에 남기는 것은 무엇이겠는가. 이러한 질문과 함께할 때 "막내놈/그림공부 밑천은 어떻게든/벌어놓고"자 하는 그의 마음, 즉 죽음에 대한 그의 의식과 사유는 좀더 잘 이해할 수 있다. 그가 남긴 예술과 사상이 아무리 크고 위대하더라도 대를 이어 이승을 살아갈 사람이 없다면, 향유하고 배울 사람이 없다면 그 모든 것이 이내 무용지물이 될 수밖에 없다는 점을 기억하지 않으면 안

된다. 예술과 사상을 낳고 기르는 것 못지 않게 아들과 딸을 낳고 기르는 것이 크고 중요하다는 것은 이러한 점에서도 충분히 설득력을 갖는다.

이 시에서처럼 막내놈의 이승(생명)을 위하여 자기자신의 저승(죽음)을 보류하고 있는 것이 최근의 그이다. 이를 통해서도 상호 맞물려 존재할 수밖에 없는 것이 그의 시에 함유되어 있는 죽음과 생명의 실제라는 점은 증명이 된다. 그렇기는 하지만 이 시집에 이르러 그는 생명의 쪽에서 죽음의 쪽으로 다가가기보다는 죽음의 쪽에서 생명의 쪽으로 다가가고 있다고 해야 옳을 듯싶다. 이는 이 시집 도처에서 '죽음'의 언표를 담은 시들이 발견되고 있는 점만으로도 잘 알 수 있다. 「병원」「삼소굴 13」「죽음」「흙집」「부안 1」「일본에서」「사까이에서」「소건(消健)」 등이 그 구체적인 예이다. 하지만 그의 시세계 전체와 관련해 보면 죽음에 대한 탐구는 이제 막 그 발걸음을 떼고 있는 듯하다. 죽음과 관련한 좀더 진전된 인식이 그의 시 속에서 더욱 빛나는 형상으로 창출되기를 빌며 글을 맺는다.

李殷鳳 | 시인, 광주대 문예창작과 교수

허름하고 허튼 글

아홉번째 시집인가 보다.

아마 내 시집 중에 가장 허름하고 가장 허튼 글모음일 듯하다.

허름한 것은 '졸(拙)'이고 허튼 것은 '산(散)'이니 둘 다 혼돈에 속한다.

뒤에 숨어 있어야 할 생각의 뼈대들이 앞으로 튀어나와 천정을 치기도 한다.

그런데 웬일일까?

이 허름하고 허튼 것들이 이상하게 가엾다.

그래 행여 풀이 죽어 스스로 흩어져 없어지기 전에 서둘러 묶는다.

날더러 할아버지라 부르거나 꼰대라고 손가락질하는 젊은애들 앞에서 혼자 빙긋 웃곤 한다. 물론 종이꽃이겠지만 허름하고 허튼 꼰대며 할아버지가 되도록 살아준 내 인생에 가끔은 여기나 저기서 꽃 비슷한 것이 혹 눈에 뜨일 때도 있어서다.

그나마 다행이다.

시란 본디 자위(自慰)가 바탕이니 그만했으면 됐다.

창비에 고맙다는 인사 보낸다.

총총.

단기 4337년(2004년) 11월 1일 오후
일산에서 김지하 모심.

유목과 은둔

초판 1쇄 발행/2004년 11월 25일
초판 6쇄 발행/2005년 6월 15일

지은이/김지하
펴낸이/고세현
편집/고형렬 김정혜 문경미 안병률
미술·조판/윤종윤 신혜원
펴낸곳/(주)창비
등록/1986년 8월 5일 제85호
주소/413-756 경기도 파주시 교하읍 문발리 513-11
전화/031-955-3333
팩시밀리/영업 031-955-3399 · 편집 031-955-3400
홈페이지/www.changbi.com
전자우편/literat@changbi.com

ⓒ 김지하 2004
ISBN 89-364-2715-6 03810